ハーレクイン文庫

パリの誘惑

ダイアナ・パーマー

江美れい 訳

HARLEQUIN
BUNKO

THE BEST IS YET TO COME

by Diana Palmer

Published by Harlequin K.K., Tokyo, 2015

パリの誘惑

◆主要登場人物

アイビー・マッケンジー……秘書。
ジーン……………………アイビーの母親。
ベン・トレント…………アイビーの亡き夫。
イブ………………………アイビーの親友。
ライダー・キャラウェイ……イブの兄。建設会社社長。
キム・スン………………キャラウェイ家のコック。
ハンク・ジョーダン……ライダーの部下。
アルマーン・ラクレア……フランス人のビジネスマン。

1

寒々とした冬の景色は、ここ何カ月かのアイビーの心のように重苦しかった。しかしいま、長い田舎道を見つめる彼女の胸ははずんでいる。ライダーが帰ってくる。後ろめたさを感じながらも、彼に会いたい、声を聞きたい、彼を愛したいという気持ちは抑えられなかった。アイビーはライダーを恐れると同時にずっと愛してきた。このひそやかな愛が、彼女を悲惨な結婚へ向かわせてしまったのだ。その結婚生活も夫のベンの死で半年前に終わった。ライダーとは夫の葬儀以来初めて会うことになるが、心はうれしさと自分を恥じる思いで入り乱れている。

アイビーはやせたけれど、かえって魅力を増した。すらりと背が高く、黒いロングヘアは肩のあたりで波を打っている。肌はクリームのようになめらかで、フランス人の祖母から受け継いだ真っ黒な瞳は、長く濃いまつげに縁取られて魅惑的だった。

きみは、ぼくの家の居間に飾ってある絵に似ているよ。ライダーは言ったものだ。『追いはぎ』という詩に出てくる、ベスという黒いロングヘアの少女を描《か》いた絵だそうだ。気まぐれな彼のことだから、うのみにはできないが。

ライダーはジョージア州南西部、クレイ郡のチャタフーチ川近くで行われたベンの葬儀に出席してくれた。アイビーの家から車でたっぷり三〇分はかかるところで、ベンは小さなバプティスト教会の墓地に埋められた。葬儀のあいだアイビーは母にぴったりと身を寄せ、向かい側にいる背の高い堂々とした男の存在を無視しようとした。ライダーは家にも来たが、アイビーは彼に気づかない振りをした。彼女は妻として、自分を地獄に陥れた夫の死を嘆き悲しむ振りをしなければならなかったのだ。

ライダーは自分の存在がアイビーを苦しめているのを知らない。まして彼への秘めた愛が夫を死に至らしめた、と彼女が考えているとは知るはずもなかった。ベンは妻がベッドのなかで応《こた》えないことに傷つき、酒を飲んだ。事故で死んだのも飲みすぎが原因だった。アイビーはそのことで自分を責めていた。

アイビーはライダーに夢中だった十代のころを思い返した。彼のほうは彼女の気持ちにまるで気づいていなかった。知られなくてよかったわ。彼が自分には特別優しかったことを思い出し、アイビーはほほえんだ。ライダーはすぐにかっとなるたちで、お世辞にも愛すべき男とはいえないが、彼女には一度もそんなところを見せなかった。

「笑顔は久しぶりね」母のジーン・マッケンジーが廊下からアイビーを見ていた。「そのほうがすてきよ」

「自分がひどい様子だってわかってるわ」アイビーは自分と同じ黒い瞳の母を抱きしめ、その白髪交じりの豊かな髪をくしゃくしゃにした。「でもお母さんはすてきだから、わたしたち、ぴったりのペアになるんじゃない？」

「ペア？　とんでもない。残りの人生をここで過ごそうなんて、だめよ」ジーンは娘の目がかすかに動揺するのを見て眉をひそめ、少し声をやわらげた。「あれからもう半年になるわ。前を見なきゃだめ。あなたには変化が必要よ。仕事をしなさい。新しいことをね。ベンだってこんなあなたを喜ばないわ」

アイビーはため息をつき、母から離れた。「ええ、そうね。でも、少しずつよくなってはいるの」

「わかるわ。わたしも、あなたがまだ小さいときにお父さんを亡くしたから。ある意味ではベンとのあいだに子供ができなかったのは残念ね。いたら気がまぎれてよかったと思うの。わたしがそうだったから」

「ええ。残念だわ」アイビーは心にもなくつぶやいた。子供がいたら悲劇だったわ。最初のころのベンはいい友だちだったけど、いい恋人にはならなかった。彼はいつもせっかちで、彼女が自分ほど燃えないと言ってつらく当たった。アイビーは結婚したことでベンを欺いたが、彼の死後感じたのは、ほかでもない後ろめたさだった。彼女は一度もその気にならなかった。自分は感じない体質なのだろうかと思ったほどだ。ベンにはセラピストのところへ行くと言ったものの、原因が見つかるとは思えなかった。平凡だがしあわせだった子供時代。心の傷はどこにもない。ただベンに欲望を感じなかっただけ。なぜなら身も心も別の男に、わたしを妹の親友としか思ってくれない男に捧《ささ》げていたからだ。精神分析医にどんな治療ができただろう。

お金のことも問題だった。酔うとベンは金づかいが荒くなったが、アイビーが働きに出ると言えば口論になる。ついにアイビーはあきらめて、貧乏暮らしに甘んじることにした。日がたつにつれ、彼女は自分の殻に閉じこもり、人を、特にライダーを避けるようになった。一度、母のところでアイビーが彼と話しているのを見たベンが、ひどく怒ったことがある。思い出すといまでも体が震えるが、あのとき初めてベンはアイビーを殴ったのだ。

そしてアイビーが二四回目の誕生日を迎える一カ月前、ベンは重い機械の下敷きになって、ついに帰らぬ人となった。まわりの人たちは彼女の気持ちを思いやり、めったにない事故だと言ってくれたが、アイビーは夫が酔ったまま仕事に出たことを知っていた。つまり誤った操作をしてしまった結果なのだ。その朝も、ベンはライダーのことでまた激怒した——きみは夫に対して不実で、ぼくを地獄に陥れた、と言って。それ以来、その言葉がアイビーの心から離れない。

母と同様、もともと信心深いアイビーだが、葬儀以来つきまとっている罪悪感を忘れるために、いまも教会へ通っている。それがいちばんの気休めなのだ。

「ライダーはいつ電話してきたの？」ふいにアイビーがきいた。

「一時間くらい前よ」早朝でもあり、コーヒーを一杯しか飲んでいないジーンはあくびをしながら言った。いつも、二杯は飲まないと目が覚めない。コーヒーポットを引き寄せ、娘にも一杯ついでやる。

「長くいるつもりかしら？」

「ライダー・キャラウェイの予定なんて、神さま以外にわかる？」ジーンは緩んだ茶色のバスローブのベルトを締め直し、きれいな白の小さいキッチンテーブルに着くと、コーヒーにクリームを入れた。「何年もの付き合いだけど、いまだに彼は謎《なぞ》ね」

「そうね」アイビーも座った。バーガンディー色をしたベロアのローブが優美に彼女の体を包み、顔だちを引き立てている。「ここは、精力的なビジネスマンにとっては辺鄙《へんぴ》なところじゃない？」

たしかにそうだった。ふたりの住まいはジョージア州南西部の小さな郡にあり、オルバニーに近い農業中心の田舎だ。隣家といっても、数キロ離れているし、区画整理された町も道幅が広い。ここでは農業は大型機械導入と同時にビジネス化し、ささやかな家族農業は時代の波に押し流され、倒産する農家が増えていた。アイビーの家も父が死ぬまで農家だった。ジーンはいまだに農場に住んでいるし、大きな養鶏場もふたつ持ってはいるが、何千羽もの鶏の飼育、採卵等の実際的な仕事を専門的にやってくれる家族を雇っている。

ライダーのつてで鶏肉加工工場が鶏を買ってくれるため、暮らし向きは快適だった。

アイビーは高校を卒業したあとオルバニーにあるライダーの建築会社に勤め、そこに学校時代の友だち、ベン・トレントも雇われていると知った。ふたりはデートをするようになり、やがて結婚した。ふたりの仲に気づいたときのライダーのショックを思い出して、アイビーは眉根を寄せた。結婚式当日、彼はおめでとうと言ってはくれたが、冷たくよそよそしかったし、そのあとすぐに、また新しい会社を設立するためヨーロッパへ数カ月の予定で行ってしまった。

ジーンの言うとおり、ライダーは謎めいた男だ。女性が持つ靴の数ほど土地をあちこちに持っているし、着ている服や、彼が乗りまわしている贅沢《ぜいたく》な車や専用ジェット機を見れば、決してお金に困ってはいない。だが、アイビーが彼を愛しているのは彼が金持ちだからではない。ライダーという人間を愛しているのだ。彼には不屈の精神と広い心があり、ものでも人でも簡単に自分のものにしてしまう。アイビーは小学校のころからライダーに夢中で、彼の妹のイブといっしょに彼にまとわりついていた。キャラウェイ家は昔から裕福だったが、マッケンジー家がそうでなくても、まったくこだわらない家だった。アイビーは、マッケンジー家より少し南にある、すばらしいバラ庭園つきの大きなれんが造りの家でいつも歓迎された。そしてライダーは、ガールフレンドたちと映画やピクニックへ行くときに妹とアイビーがいっしょにくっついてきても、まるで気にしなかった。

やがてライダーは大学へ行き、それから倒産したある小さな建築会社の再建を依頼されて、オルバニーへ行ってしまった。数年のうちに、その会社をアトランタとニューヨークにオフィスを持つ巨大な複合企業に変えた彼は、いつも忙しそうだった。母親の死後、父親はニューヨークに住み、妹はカリブ海のビジネスマンと結婚したので、彼はあの大きなれんが造りの家でひとり暮らしをしている。たぶん寂しくて、あんなに旅行ばかりしているのだろう。ライダーがなぜ結婚しなかったのか、アイビーにはわからなかった。彼は一〇歳年上だから、いまは三四歳。お金はあるし、精悍《せいかん》で男らしい魅力もあって女性にもてる。きっと何度もチャンスはあったはずだ。

ジーンが立ち上がってベーコンを火から下ろし、オーブンのパンの具合を見ている。アイビーはコーヒーカップのなかを見つめた。ベンの悲惨な人生のことで自分を責めずにすめばどんなにいいだろう。ライダーに対してこんな気持ちを抱きながら、ベンと結婚してはいけなかったのだ。本当は、ベンが死んだことを悲しんでいないのではないか——アイビーは罪悪感にさいなまれながら生活していた。彼はアイビーが与えられる以上のものを要求した。特にベッドで。当然彼女は燃えなかった。そのこともずっとふたりの結婚に伴う問題だったのだ。きっとわたしは落後者の気分で一生心に傷を持ち続けるんだわ。優しく少年のように笑っているかと思えば、急にたちの悪い酔っぱらいになったベン。もっとわたしが努力していれば、ベンはあれほど友だちと飲んでばかりいなかったかもしれない。

たぶん、あんなに酔ったり、わたしに暴力をふるったりはしなかっただろう。

「ねえ、ライダーの車じゃないかしら？　どうも目が弱くなってきて」ジーンはベーコンの大皿を手に、キッチンの窓から外へじっと目を凝らしている。

アイビーは母の視線を追い、胸をどきどきさせながら立ち上がった。「黒のジャガーだわ」

「いいえ。彼女はうなずいた。「なんの用か言ってた？」

「いいえ。きっと世界旅行の合間にちょっと寄っただけよ、いつものようにふらりとね」ジーンが笑う。「お葬式のとき以来、家に帰ってないみたいよ」

「理由はともかく、うれしいわ。久しぶりだもの。彼って、人の気持ちを明るくするわ」

「だれかさんにはそれが必要だわ」ジーンは小声で言った。

厚手のフランネルのナイティにバーガンディー色のローブを羽織ったアイビーは、無意識にガウンの結び目をいじりながらゆっくりとポーチへ出た。ロングヘアに縁取られた貴族的な顔を、高級車から降りてくる黒髪で長身の男にじっと向ける。いつもながらライダーを見ていると、胸は高鳴り、興奮に体じゅうがほてってくる。アイビーをこんなふうにしてしまうのはライダーだけだった。

ポーチを見上げるライダーは、大柄で荒々しく、威圧的だ。いかつい顔から大きな手の先まで、いかにも建築会社のオーナーらしい。まるでコンクリートを彫刻したような顔。すべてが固い感じだが、体だけは映画に出たらひと財産つくれそうだ。優に一九〇センチはある身長にみごとな筋肉。いまだに建築現場で働くのが好きで、土曜日も滞在中の町で従業員の労働者たちといっしょに働く。青みがかったグレーの瞳は深くくぼんで鋭く、引きしまった口もとはいくらか感じやすそうだ。チャコールグレーのピンストライプのスーツがたくましい体に絹のように張りついている。

「悪くないね」ライダーは尊大に頭をそらせてアイビーをしげしげとながめ、ゆっくりと言った。「しかし、首と膝のあいだにもう少し肉がついてもいいな」彼の声はなめらかで心地よかった。

ライダーが近づくといつもアイビーの体は熱くなる。彼と知り合ったその瞬間から激しい興奮を覚えたが、それがどういうことなのか、当時は彼女自身よくわかっていなかった。ポーチでライダーと並んだアイビーはふっくらとした唇を思わずほころばせ、笑みを含んだ目で彼を見上げた。

「いらっしゃい、ライダー」

「やあ」ライダーはそっけなくつぶやいた。アイビーは中背だが、ふたりの背はかなり違う。彼はどぎまぎさせるような目でアイビーの顔をじっと見つめ、かすかにほほえんだ。

「キスもしてくれないの？」アイビーは深く傷ついたことを悟られないように、昔の気楽な感じを装って言った。「何カ月も会わなかったわね」

ライダーは一瞬表情を硬くしたように見えたが、穏やかに答えた。「ぼくもだんだん年をとっているんだよ」彼はアイビーの腰に手をかけると、日に焼けた無駄な肉のない顔に引き寄せるように、彼女の顔を上向かせた。「そのうち、女の子にどうキスをすればいいか忘れてしまいそうだ」

「そんなことあるわけないわ」アイビーがほほえんだ。抱かれたままスーツの上からライダーの肩をなで、たくましい筋肉を包む布地の贅沢な感触を楽しむ。彼は変わった。間近で見て、アイビーは思った。久しぶりに会う彼は、記憶にある楽しい男性ではない。鋭く張りつめた雰囲気を漂わせ、そのうえひどく男性的だ。高価なコロンとタバコの匂《にお》いがする。大きな指で柔らかなウエストを固く締めつけられて、アイビーは爪先《つまさき》まで震えた。

「疲れているみたいね」彼女は優しく言った。

「ああ、疲れているよ」ライダーはアイビーの唇を見下ろした。「きみはきれいな唇をしている。前にも言ったかな?」彼はかすかににやりとした。「さあ、日は短いんだ」

「わたしがキスをするの?」アイビーが無邪気そうに眉を上げてきく。

「そのほうがいい」ライダーは低く言った。「ぼくがしたら、どうなるかわからない」

「また、そんな。からかわないで。ああ、ライダー、本当に会えてうれしいわ!」

「ぼんやりと過ごしていたんじゃないのかい? ぼくが面倒をみなければならないみたいだな」

「そうみたい」アイビーはため息をついた。身を乗り出し、愛情をこめて彼の鼻に鼻をすり寄せる。「今度はどこへ行っていたの？」

「ドイツだよ」ライダーの声は妙に硬かった。その目がアイビーの目を探る。「アイビー」

彼のささやきにはおかしな響きがあった。アイビーは眉根を寄せたが、すぐに大きな手で引き寄せられた。「どうしたの？」

突然、ライダーの唇が首に熱く触れた。彼の震えるような息づかいが聞こえ、アイビーの体は思いがけない唇の感触に緊張した。ライダーの唇が彼女の首筋をはう。ふいに興奮の嵐《あらし》が巻き起こった。アイビーは息をのみ、体をこわばらせた。

「びっくりした？」低い声で言うと、彼は唇をアイビーの耳へ移し、そっと耳たぶをかんだ。ライダーの腕はほっそりとした体を抱き寄せている。アイビーは上質なスーツの生地を握りしめた。彼女の体は震え、燃え始めた。脚がひどく頼りない。ベンとではこんなふうに感じたことは一度もなかったし、ひとつになったときでさえ冷めていたのに。アイビーは目を閉じ、ライダーに触れられる喜びに声をあげそうになった。長いあいだこの瞬間を夢見てきたが、現実になると彼女はばらばらになりそうだった。

アイビーは甘いうめき声をあげた。ベン、ごめんなさい、ごめんなさい……。

無意識に夫の名を口にしたにちがいない。ライダーが急に体をこわばらせ動きをとめた。彼は手荒にアイビーを突き放した。彼女を見下ろす顔は石像のようで、瞳が冷たかった。

「二度とこんな間違いをさせないでくれ」そっけない言い方だった。「代用品になるつもりはないんだ」

アイビーは赤くなった。「でも、ライダー……」

「お母さんはどこ？　なかでぼくたちがこれからどうなるか見ているのかな？」険しさが消え、アイビーの腕を取ったライダーはいつもの彼に戻り、赤くなった彼女にも無頓着《むとんじゃく》だった。「朝食は？　ぼくは飢え死にしそうだよ。飛行機じゃ、三品しか出してくれなくてね。何時間もなにも食べてないんだ」

なんて人かしら。わたしを熱くさせたかと思えば、つぎの瞬間にはてのひらを返したように冷たい態度をとり、そしてもういつもの楽しいライダーに戻っている。「相変わらずの食欲ね」彼女は吹き出した。「イブはあなたが真夜中にキッチンを襲撃すると言って、大笑いしていたものだわ」

「イブか、懐かしいな。妹とカートはナッソーに住んでいるのに、めったに会えない」

「二、三週間前に手紙をもらったわ」

そのときアイビーの母が玄関ホールに飛びこんできた。「ライダー、よく来たわね！」ライダーはジーンを片腕に抱き、彼女の頬に芝居がかったキスをした。「ダーリン」わざとらしい流し目を見せる。「さあ、ぼくといっしょに行こう」

「ああ」ジーンは片腕で目を覆い、ため息をついた。「だめだわ。流しには汚れたお皿がいっぱいなの」

「ひどい人だ」ライダーがジーンを責める。「あなたはぼくの心に穴を開けた。ふさぐにはスクランブルエッグがひと皿いるな。それにパンとコーヒーと……」彼はもうキッチンに向かっていた。

「いつか、その胃袋のせいでひどい目にあうから」アイビーは母といっしょにライダーのあとを追いながら非難した。

「料理のできない女と結婚したらね」ライダーは言い返し、疲れた様子でテーブルに着いた。「長い道のりだったな」

「どこから来たの?」アイビーがライダーのためにテーブルの用意をしながらきいた。

「コウノトリが運んで……」ライダーが言いかけた。

「コウノトリにあなたは運べないわ。たぶんキャベツ畑から掘削機で掘り出されて……」

「その先を言ってみろ。それ以上ぼくの体重のことを言ったら、スクランブルエッグを浴びせてやるぞ」

「野蛮人」アイビーがわざと見くだした態度で言う。

「ぼくは野蛮かもしれない」ライダーは冷ややかな笑みを浮かべ、まじまじと彼女を見た。

アイビーは真っ赤になったが、そこへ母が戻ってきてほっとした。いたずらっぽいライダーの目に見られなくてすむ。首筋に触れた彼の唇を思い出すと膝がなえてしまう。夫が死んで間もないというのに、別の男に欲望を感じるなんて不実なのかもしれない。だが、彼女は一五歳の誕生日以来、心からライダーを慕ってきた。途中から彼とは会わないようにしてきたのだが、かえって愛が強まった。ベンに夢中になれなかったのは、ライダーの存在があったからだ。初めて会ったときから、求めていたのはライダーなのだ。でも彼は裕福で、かたや彼女は貧しいうえに、彼の気を引くには若すぎた。だから、ライダーに対するかなわぬ望みを胸に秘めたまま、ベンと結婚した。もう過去には戻れない。彼女はベンを欺き、そしてベンは死んでしまったのだから。少なくとも、夫に対して忠実であるべきだったわ。もっとも、ライダーはそういう意味でわたしを求めてはいない。からかっているだけ。そうに決まっている。

アイビーを見つめるライダーには、彼女が心のなかに柵《さく》を張りめぐらしていくのがよくわかった。コーヒーにクリームを入れ、ため息をつきながら彼はアイビーに話しかけた。「アトランタ空港から車を飛ばしてきたんだ。家のなかは寒いし、暖房もなくて……」ライダーは哀れっぽい顔をしてみせた。

「うちに泊まればいいわ」ジーンが言う。「空いている寝室があるから」

「そうよ」アイビーも同調したが、彼のほうは見ていない。

ライダーはアイビーを見てためらった。「いや、いいよ。無理強いはしたくない。防寒用の下着を買って、毛布にくるまっていればいいんだから」

アイビーはその姿を想像して吹き出した。ライダーはホテルに泊まることもできるし、それどころかホテルを買うこともできるのに、このままでは凍えてしまうと言いたげだ。

「かわいそうな人」アイビーは黒い瞳を美しく輝かせ、血色のいい生き生きとした顔を彼に向けた。

「たしかに、ある意味では」ライダーは彼女の美しさに目を奪われながらかすかにほほえんだ。「きみはいい子だ、アイビー」そのまま彼女を見つめていたいと思ったが、みんながテーブルに着くと、無理やり皿へ目をやる。「家で寝るけど、朝食に招待してくれたことは感謝するよ。腹ぺこだし、ここの食事はうまいしね」彼はスクランブルエッグをひと口味わって言った。

「ありがとう」ジーンがライダーににっこりする。

「アイビーもこのくらい料理ができるのかな?」

「もちろん」ジーンが答えた。

ライダーはにやりとした。「その答えは、ぼくの胃袋にはウエディングベルに聞こえる」

アイビーは青ざめた。ライダーは深く考えてはいないのよ、と自分に言い聞かせた。ベンのことを気に病んでいるときにそんな冗談を聞かされるとどれほど傷つくか、彼はわかっていない。ベン。わたしがベンを殺したのよ!

ライダーは倒れそうになったアイビーをつかまえ、そっと抱き上げた。「なんだってこんな……」彼の顔にはひどいショックが浮かんでいる。

「大丈夫よ」ジーンが言った。「このごろほとんど寝てなかったし、あまり食べていないの。心配しないで。この子はベンを愛していたのよ」

「ええ、知ってます」ライダーは冷たく言った。

ジーンはライダーをちらりと見たが、すぐに目をそらせた。彼の顔は本心をさらけ出し、険しい表情をしている。「そのソファに寝かせて。濡《ぬ》れタオルを持ってくるわ」

ライダーは返事をしなかった。軽い体を居間へ運び、大きなカウチにそっと横たえる。彼女の横にひざまずき、動かない顔から長い絹のような髪を払ってやった。まるで眠れる森の美女だ。ライダーは彼女から目を離すことができなかった。胸がうずいてくる……。

アイビーの濃く長いまつげがゆっくりと開く。その目がとまどい、やがてライダーにほほえむ。彼はアイビーの髪に入れた両手に力をこめた。すぐそこにある柔らかな甘い唇に触れないためにはそうするしかない。そのときジーンの声が聞こえた。なんと言ったかはわからないが、彼は立ち上がり、ジーンが娘の額にタオルをのせられるように身を引いた。ライダーは息をつめて見守っていたが、アイビーは大丈夫らしい。彼女は恥ずかしそうに体を起こした。

「本当にごめんなさい」アイビーは血の気を失ったライダーの顔を見た。「ただ……」

「わかってるよ。ぼくも悪かった」ライダーは短く言った。「帰ったほうがよさそうだ」

「朝食も食べないで？　なぜ？」

「これ以上きみを動揺させたくない」

　ジーンが着替えてくると言って部屋を出ていったが、ふたりとも気がつかなかった。

「動揺なんかしてないわ」アイビーはライダーの瞳に浮かぶ冷たさにとまどった。

「彼は死んだんだ。きみがなにをしようと戻ってこない。ウエディングベルのひと言であんなふうに……」

「いつもはこんなことないわ。ちゃんと食べてなかったし、体が弱っているだけよ！」

「それに感じやすくなっている。半年もたつのに、いまだに神経を張りつめている」

「しかたないわ」アイビーは腹立たしげに言った。「彼を愛してたのよ！」たぶん、何度も言えば、自分でも信じられるかもしれない。ライダーへの思いのために夫を欺いたりはしなかったと思えるかも。

　ライダーはなにも言わなかった。彼女を見つめる日焼けした顔は青ざめ、目にはとげとげしさがある。

「愛してたわ！　愛してたのよ！」アイビーは両手に顔をうずめ、熱い涙を流した。「このままでは生きていけない」途切れがちの小さな声だった。

「いけるさ、生きていかなきゃ」ライダーはアイビーをカウチから起こし、彼女の肩を強くつかんだ。「悲しみに暮れるのはもうやめるんだ。これからやり直しだ」

「なんだか脅かされているみたい。どうするつもり？　建築計画みたいに、わたしの改造を請け負うの？」アイビーが挑発的に言う。

「そんなところだ」ライダーはハンカチを取り出し、彼女の青白い顔をすばやくぬぐった。

「さあ、泣くのはやめて。きみに泣かれるとお手上げだよ」

「あなたにはお手上げなんて言葉はないでしょう」アイビーは赤くなって素直にはなをかんだ。「いいえ、たまにはあるみたいね」彼女はかすかにほほえんだ。「いつだったか車が思うように走らなかったとき、建設用地へ行って、破壊用ボールでフロントガラスを壊したことがあったわよね」

ライダーは笑った。「当然の報いさ。三軒も修理屋へ出したのにだめだったんだから」

「保険会社にはなんて説明したのか聞きたかったわ」

「保険会社には言わないで、別の車を買ったよ。別のメーカーのね」彼がにやりとする。

「そんなにお金があったら、すてきでしょうね」

「だが食べられるわけじゃない。飲めないし、寒い冬の夜を暖めてもくれない。もちろん壁紙にはなるし、タバコも作れる……」

「狂ってるわ」

「ありがとう。ぼくはきみにも狂ってるよ。ぼくが餓死する前に朝食にしないか？　きみをここまで運ぶのに最後の力を振りしぼったんだ」

アイビーは力なく笑った。「わかったわ。底なし穴さん。でも、あなたは飛行機で食べたって……」

「ドイツを出たときさ。もう腹ぺこだ。航空会社はよく働く男と妊婦のことをもっと考えるべきだ」

「あなたは妊婦とは思えないから、よく働く……なにするの！」

ライダーにお尻をぶたれそうになり、アイビーはあきれて笑いながら飛びのいた。

「食卓でけんかはやめなさい」ジーンがいつの間にか現れて、人差し指を振りながらたしなめた。「でないと食事は出しません」

ライダーは、うまく母の後ろに隠れてしまったアイビーをにらみつけたが、笑いをこらえている。

「いいさ。いまのところ安全だ」その言い方と、薄い色の瞳に浮かぶ表情がアイビーの心をとかした。でも、平気な振りをしなければ。彼に背を向け、まともに取り合わないことにしよう。

ポーチであったことは忘れなくては……。そうしなければベンに申し訳が立たない。わたしにはしあわせになる権利などないわ。たとえライダーが手の届くところにいても。ベンがかなわぬ望みを抱いて死んだのは、わたしのせいなのだ。なのにしあわせになろうなんて、間違っている。

2

ライダーは、最近の旅行のことをからかい半分にきくジーンに答えながら、その目は常にアイビーを追っていた。興味ありげな鋭い視線を感じ、アイビーの神経はぴりぴりした。

「もっとベーコンいる?」ジーンがアイビーに同じ質問を繰り返し、顔をしかめているライダーにほほえんだ。彼はベーコンが大嫌いなのだ。

「え? あ、もうたくさんよ、ありがとう」アイビーはにっこりし、ゆっくりとコーヒーをすすった。

「きみは何週間も食事をしてないみたいだな」ライダーがタバコを手にアイビーを見据えた。椅子の背にもたれた彼は、横柄な感じがする。

「ほとんど食べてないのよ」ジーンがテーブルから立ってつぶやいた。「少し意見をしてくれない、ライダー?」彼女はそう言って出ていった。

ライダーは空のカップをもてあそびながら、急に鋭くなったグレーの瞳でアイビーをちらりと見た。「いまのきみに必要なのは、過去を思い出すものから離れることだ。ほんのしばらくね」

アイビーは考えこんだ。「それはいいけど、貯金は二八ドル三五セントしか……」

「ばかだな、金のかかる観光旅行の話じゃないんだ。ぼくは北部に山小屋を持っているし、ナッソーとジャクソンビルには別荘がある。好きなところを選んでくれ。ぼくが飛行機を操縦して連れていってもいい」

「あなたっていい人ね、ライダー。でも、だめよ」

「どうして？　誘惑する気はないよ」ライダーはかすかにほほえんだが、目は笑っていない。その挑発的な言葉にアイビーは息をのみ、落ち着きなく身動きした。「休暇を取ったらって言ってるだけさ」

「どうしたいかわからないの、まだ」

「ぼくが怖いわけじゃないだろう？　よく知っている仲なんだから」ライダーは不思議そうだった。

アイビーは追いつめられたような目で彼を見た。「いえ、少し怖いんだと思うわ。気を悪くした？」

ライダーの笑顔は優しく、謎《なぞ》めいている。「いや、全然。うれしいよ」

結婚していたというのに、アイビーにはうぶなところがあった。彼女はライダーを興味深げに見つめた。この人はきっと何人もの女性を知っているのだろう。彼が女性とベッドにいる姿を想像して、アイビーはショックと怒りを感じた。はしたないことを口にする前に、母が戻ってくれてよかった。

「パンを持って帰れるように包んでおいたわ」ジーンが小さな袋を手に食料品貯蔵室から出てきた。彼女はドアを閉め、テーブルに戻った。

「なんて優しいんだ。うちで料理をしてもらいたいな。アイビーは自分で勝手にやればいい」

「ひどい人ね」アイビーが怒った。

「キム・スンがいるじゃない」ジーンがコーヒーをつぎながら言う。「ところで彼はどうしたの？」

「たぶん、がたがた震えながらチェリークレープを作ってるよ。今夜の夕食用にね」ライダーは窮地に陥ったような顔をした。「夕食に招待して、ぼくを救ってくれないかな？」

「キムはすばらしいコックよ！」ジーンが言う。

「フランス風パイならね。ぼくが出かけるときも小麦粉を山ほど使っていたな。卵だけでいいと言ったら、中国語でなにかぶつぶつ言ってた。意味がわかれば首にするようなことをね」

「あの人のパイはすばらしいわ」アイビーも言う。

「デザートだけじゃ生きていけないよ。あいつを雇ったときに、こんなひどい欠点があるとは知らなかったんだ。ジャガイモもゆでられないんだから！」

「彼はあなたを甘やかしているわ」ジーンが言った。

ライダーが彼女をにらむ。「それに、いやみなことばかり言うし、ぼくをばかにしている。あんなやつ、首にしてやる！」

「あら、それで彼の両親を呼んで、家まで買ってあげて……」アイビーはおもしろがっている。

「うるさい」ライダーはコーヒーを飲み干して立ち上がった。「もう帰るよ。いまごろあいつは家まで燃やしてしまっているかもしれない」

「電話をしてくれたら、ガス会社に連絡しておいてあげたのに」ジーンが言う。

「そうも思ったけど、帰りを急いでいたのでね」ライダーは身をかがめてジーンの頬にキスをした。「朝食をどうもありがとう」

「いつでもどうぞ」

ライダーの薄い色の目がアイビーをとらえた。「玄関まで送ってくれ、アイビー」

アイビーも立ち上がり、両手をポケットに突っこんだ。「かわいそうに、出口もわからないのね。町にいるときはどうするの、人を雇うの？」

ライダーは彼女をちらっと見た。「さっきのきみは喜んでぼくを案内してくれそうだったのにな」

アイビーは赤くなった。「あなたって……ずいぶん強引なのね」彼女は廊下へ出て母に聞かれる心配がなくなると言った。

「もし、そうじゃなかったら？」

「いまのままのあなたが好きよ、ライダー」アイビーは無意識に温かな口調で言い、彼を見上げた。

その美しい瞳に浮かぶ優しさに、ライダーの顔が緊張する。彼は無理に目をそらせた。

「きみが心配なんだ。過去に生きるわけにはいかないよ。もう一度やり直すんだ」

「わかっているの。でも、彼の死に方が……忘れるには時間がかかるわ」

「わかるよ」ライダーはため息をつき、アイビーの柔らかな体の線に目をやった。「さっきのことだけど……」アイビーがさっきの特別な挨拶《あいさつ》を思い出して赤くなった。「女性とは久しぶりだったからね」

その言葉を信じられたらどんなにうれしいかしら。わたしをそんな目で見てくれたことなんかないじゃないの。もう何年も……。心の痛みを振り捨て、アイビーはなんとかほほえんだ。「久しぶりですって？」それからあざけるようにたたみかける。「あなたのハーレムはどうしたの？」

「ハーレムなんかない」ふたりは玄関のドアまで来た。ライダーの視線がアイビーの体の曲線をゆっくりとさまよう。「長いあいだ、飢えていたのさ」彼の口調が変わった。

アイビーはその言外の意味を感じて顔を赤らめたが、見ると彼の目は躍っている。

「野獣！」彼女はふざけて彼の広い胸をぶった。

「そしてきみは美女だ」ライダーが応《こた》える。

アイビーは口を開きかけてあきらめた。ライダーのほうがいつも一枚上手なのだ。「降参よ。柳を相手にけんかしているみたい」

「あしたブレイクリーの近くでやる農機具のオークションに行くんだが、きみもどう？」

もちろん行きたい。でも彼は哀れんで誘ってくれているだけ。昔から家族ぐるみの付き合いだから同情しているだけなのだ。それでは片思いの自分がよけいにみじめになってしまう。「ちょっと用事があるの」アイビーは言葉をにごした。

「あしたは土曜だよ」

「わかっているわ」アイビーは言い訳を考えたが、なにも浮かばず大きな黒い瞳がいらだちにくもった。

「わかった。無理にとは言わないよ」

「ごめんなさい、ライダー……」

「いいさ、また今度にしよう」軽く言ったもののライダーはなにか考えこみ、うわの空で出ていった。

あとで娘からその話を聞いたジーンは理解に苦しんだ。「どうして行きたくなかったの？」

アイビーは答えたくなくて目をそらせた。「だって、ベンが死んでまだ半年なのよ」

「ただのドライブよ。まったく、わたしにはあなたの気持ちがわからないわ！　ライダーは最高のお友だちじゃないの」

「ええ、そうよ」アイビーの心は苦痛にさいなまれている。それが問題なのよ。

断られたにもかかわらず、ライダーは翌日アイビーの家に寄った。きょうの彼は４ＷＤの黄褐色と茶色の大きなブロンコに乗り、なめし革のブーツと細身のジーンズ、それにオーダーメイドらしいシャンブレーのシャツというでたちだ。黒のカウボーイハットが薄い色の目を隠している。アイビーは玄関のドアの内側に立ち、彼をじっと見つめた。車を降りて大股《おおまた》で歩いてくるたくましい姿が、彼女の空っぽの胸をいっぱいにする。

アイビーはデニムのスカートに長袖《ながそで》の白いブラウスを着て、首には柄物のスカーフを無造作に結んでいる。散歩に行くつもりで彼女もブーツをはいていた。そうすればライダーの誘いを断ったことで悩まなくてもすむと思ったのだ。もう五分、早く出ていたら彼に出会わなかったのに。喜ぶべきか悲しむべきか、アイビーにはわからなかった。

アイビーは階段を上がってくるライダーを見てドアを開けた。彼が目を合わせる前に、細めた目で彼女の体をさっとかすめたのがわかった。

「用意はいいかい？」ばかにしたような笑顔できく。

「散歩に行くところだったの」

「ジーン、行ってきます！」ライダーが声をかけた。

「楽しんでらっしゃい！」寝室からジーンが答える。

「でも、わたし、あなたとは出かけないわ」

ライダーはさっとアイビーを抱き上げ、驚く彼女にほほえんだ。「いや、行くんだ」

筋肉の引きしまったたくましい体で、彼はアイビーを軽々と運び、外へ出た。

彼の広い胸は温かく、固かった。強いコロンと、かすかなシェービングクリームの香りがする。銀色に輝く目の横にしわがあり、その目を濃い黒いまつげが覆っている。鼻が少しへこんでいるのは若いころのけんかの名残。でも、口は……見ただけで、危うく声をもらしそうになる。大きく官能的で、きりっとしている。薄い上唇と、それより多少厚みのある下唇のあいだから、真っ白な歯がこぼれている。アイビーはたまらなく唇を重ねたくなった。

自分の熱い欲望にアイビーは当惑した。これほどキスしたい衝動を覚えたのは初めてだが、考えればずっと夢見ていたことだった。だめよ、気を静めて。ライダーは親切にしてくれているだけ。わたしみたいに感じてはいないのよ。

そう言い聞かせても、ライダーにそっと車の助手席に座らされたとき、アイビーの胸の高鳴りはどうしようもなかった。彼の体が覆いかぶさり、コーヒーとタバコの香りがしそうなほど彼の唇が近づいたのだ。細めた目を光らせ、ライダーが一瞬ためらい体を緊張させる。しかしすぐに笑顔になり、彼女を放した。ときめきの瞬間は過ぎた。

ライダーは運転席に座り、アイビーがシートベルトを締めるのに手間どっているのを横目で見ながら、車をスタートさせた。

「強引な人ね」アイビーがぶつぶつ言う。

彼はにやりとした。「女性と機械はちょっとひと押ししてやらなきゃいけないときがあるのさ」

アイビーは思わず笑った。こんなにずうずうしい人はほかにいないでしょうね。「オークションでなにを買いたいの？」彼女は興味津々できいた。

ライダーはハイウエーに向けて車を走らせた。「特になにも。行ってみるだけさ。家のなかでじっとしているのがいやなんだ。すぐに客が来るからね。しかもキムは、ぼくが会いたくない人間を通すのが大好きときている。くそ、あいつを首にしてやりたいよ！」

「彼になにをしたの？」

ライダーは面食らった様子だ。「なんだって？」

「彼の気にさわることをなにかしたはずよ」

ライダーはアイビーをちらっと見た。「魚料理をあいつに投げつけただけさ。ぼくはとにかく魚が大嫌いなのに、そいつは料理もしていなかったんだ」言い訳がましい口調だった。

「おすしね」アイビーがうなずく。

「いや、違う。きみのお母さんが作るようなサーモンコロッケが食べたかったのに、あいつは生のサーモンにタマネギの薄切りをのせて出したんだ」

「サーモンコロッケの作り方は教えたの？」

「ぼくは料理なんか知らないさ！　知ってたら、あんなやつをのさばらせておくと思うかい？」

「そんなこと言っても無理よ。うちに連れてくれれば、あなたの好物の作り方を母が教えるわ」

「きみは料理ができる。うちへ来て、あいつに教えてやってくれないかな」

アイビーは答えず、膝にのせた両手を見つめた。大きな誘惑だが、ライダーは知るはずもない。

「心配ない。付き添いつきだ」彼の声は穏やかだった。

アイビーは赤くなり、彼の目を避けた。「ライダー！」

「ずいぶん用心深いね」ライダーは大きなため息をついた。「長いこと離れていたからな。それでもじゅうぶんじゃないとわかっていたが、ぼくはもう限界だった」謎めいた言葉だった。「もう、傷はいえていると思ったんだ」

アイビーはつばをのみこんだ。「いえている？」

「きみは彼と墓穴に入るわけにはいかないんだ」

「そんなこと考えていないわ。わたし……あなたが恋しかった」アイビーの声はかすれている。

ライダーは身震いしたようだった。横目でこちらを見た薄い色の瞳が危険を感じさせる。

「言ってくれたら、いつでも帰ってきたよ」飾らない言い方だった。「必要とあれば、真夜中でもね」

優しい口調に体じゅうが温かくなったが、ただの友情からの言葉だと思うと、アイビーは泣きたくなった。こんな形で気づかってほしいんじゃないのよ。「忙しいあなたにそんなこと頼めないわ。わたしに必要なのは時間なの」

ライダーはドライブインに入り、エンジンを切った。「コーヒーはどう？」

「ええ、ブラックでお願い」

「きみの好みは覚えているよ」ライダーは車を降り、間もなくコーヒーとドーナッツを手に戻ってきた。

アイビーはコーヒーをすすり、ドーナッツを食べた。「おいしいわ。朝食をとってなかったの」

「ぼくもさ。あまり早く食べると調子が悪いんだ」ライダーが横目でアイビーの体を見る。

「きみはやせすぎだよ。もっと食べたほうがいい」

「このごろあまり食欲がないの」

「話してみないか。気が楽になるかもしれないよ」

アイビーは彼の瞳を探るように見て、なにも怖がることはないと悟った。「彼は酔っていたの。お酒を飲んで仕事に行って、ボタンを押し間違えたのよ」

「そうだったのか」

「知らなかったの？　話は聞いたはずよ。保険金は下りなかったけど、会社が助けてくれたからお葬式もできたのよ」大きな黒い瞳がライダーの目を見た。「あなたなのね？　あなたが払ってくれたのね」

「従業員はみんな消費者信用組合に預金する。ベンはかなり積み立てていた。きみのものなんだよ。葬式代はそこから出ている」

「彼が酔って仕事をするのは知っていたでしょ？」アイビーの大きな瞳が傷ついた色を浮かべている。

ライダーはため息をつき、アイビーと目を合わせた。「ああ、酒のことは知っていた。だからできるだけ近づかないようにしていたのさ。一度、ジーンからきみのあざのことを聞いたからね。ぼくがその場にいたら、きみの目の前で彼を殺していたよ」

アイビーはその言葉にびっくりした。険しい声と顔に返事もできない。

ライダーは彼女の顔色を見て、自分の舌を呪《のろ》った。なにももらすわけにはいかない、いまはまだ。「イブがそんな目にあっても、同じことをするさ。ぼくにはきみたちがとても大事なんだ。わかっているだろう？」

「ええ、もちろん」がっかりした顔を見せまいとアイビーは無理にほほえんだ。「あなたはいつも保護者のようだったわ」

「その必要があったからね、たまに。あのときぼくがいたら、きみはベンと結婚なんかしなかったはずだ。あとで聞かされてすごくショックだったよ」

「学校がいっしょだったの。いい友だちだったわ」

「いい友だちが必ずしもいい夫婦にはならない」ライダーはコーヒーを飲み干した。「ベンはぼくが雇う前から酒飲みで知られていた。禁酒を誓って、実行しているように見えたから雇ったんだが」

なぜライダーはそんなことをしたのだろう。ベンの父が働いていたことは知っているが、酒飲みの男を雇う必要などどこにもない。親切心から？　でも、さっきのライダーの顔にはなにかが……。

彼が急にこちらを向き、アイビーは目をそらせた。「ベンはあなたが仕事をくれて感謝していたわ」

「ばかな！　彼はぼくを心底嫌っていたよ。きみは知っているはずだ。結婚生活が続くにつれて、ぼくをよけいに憎むようになった」

アイビーは息を殺し、わけをきかないでほしいと願った。まさか、薄々気づいていないでしょうね？

「彼は隠していたけど、母のことも嫌っていたわ。わたしが……心にかけている人をみんな嫌ったの」

「で、きみを殴ったのか？」

アイビーは目を伏せた。「いつもじゃないわ」

「なんてことだ……」ライダーは言葉を切り、背筋を伸ばすと、ごみを袋に入れ始めた。

ライダーが心の壁を築いていくのがわかる。彼の心痛が痛いほど感じられて、アイビーは衝動的に彼の固い腕に触れた。張りつめた緊張感が伝わってくる。ふたりの目が出合い、ライダーの呼吸が速まる。

アイビーは静かに話し始めた。「わたしが彼を傷つけたのよ。全部は話せないけど、結婚するまでは優しい人だったわ。彼は、わたしがあげられないものを欲しがったの」

ライダーは目を合わせたままだ。「ベッドで？」

アイビーは赤くなった。「言えないわ」

「ぼくのお堅い独身のおばといっしょだな。三年間の結婚生活がありながら、セックスのことを口にできないとはね」

アイビーはますます赤くなった。「とても個人的な問題だわ」

「で、ぼくには言えないっていうのかい？　昔は平気でなんでもきいてきたじゃないか」

「でも……セックス以外のことだったわ」

ライダーの視線がアイビーのつんと高い胸に行き、やがてふっくらとした唇から目へと移る。「ずいぶんつつましいな。見かけも上品だし。しかし、きみにはフランス人の血が流れている。夫ではだめでも、きみのなかには情熱があるはずだ。彼はあまり男らしくなかったのかい？」あざけるような口調だった。

アイビーは言葉につまった。ライダーはベンを憎んでいるらしい。目にも声にもそれが表れている。

「すまなかった。ぼくにそんなことをきく権利はないな。さあ、それをよこして」

ライダーはカップとドーナッツの紙を受け取り、袋に入れると黙ってごみ箱へ捨てに行った。

アイビーは神経が高ぶり、震えそうになった。まさか、あんなふうに問いつめられるとは思わなかったし、ベンに対するライダーの態度も恐ろしかった。どの程度わかっているのだろう？　それにベンの飲酒癖を知っていたのなら、なぜ雇ったのか。従業員には特別気を配っているのに。嘘《うそ》つきや飲んだくれには我慢できない人が、自分を嫌っているベンは大目に見ていた。なぜ？　わたしのため？　わたしが妹みたいなものだから？　わからない。

ライダーが帰ってきた。「もう少し食べたいけど、我慢しておこう」ユーモアが戻っている。「お昼にハンバーガーでも食べれば生き残れるだろう」

アイビーは笑い、彼が車をハイウエーに向けるころには、先ほどの不愉快なやり取りも忘れていた。

オークションはすばらしかった。ライダーの説明を聞きながら、名前も知らない機具類を見て歩く。

ライダーが地平線に目を向けた。「何年もしないうちに土地や水がバッファローなみに貴重になるな。人口は増え続けているからそのうち足りなくなる」

「土地も増えるわ」アイビーはほほえみながら彼を見上げた。「海から出てくるもの」

「このあたりはだめさ」ライダーが長い人差し指で彼女の鼻をつつく。アイビーはほほえみ返したが、指は口へ伝い下り、形のいい唇をなにげなくなぞる。

その感触にアイビーは体じゅうが震え、息がとまった。ライダーは急に彼女の唇を意識したらしく、緊張し、目を光らせた。

「ぼくたちが知り合ってどのくらいになる？」ライダーの声はかすれていた。

「何年も。わたしが……中学のときからだから」

「その何年ものあいだにあるのは苦い思い出だけか」厳しい口調だった。ライダーの声がさらに低くハスキーになり、目はアイビーの口を見つめている。「あの夜のこと、覚えているだろう？　ぼくたちのあいだにはまだあの感情が残ってる、いまでもね」

「ドアが開いてたなんて知らなかったの」アイビーは苦しげに言った。

「知っているよ。だが、あのときはわからなかった。それが残念だ」

アイビーの顔がしだいに熱くなっていく。あの夜のことははっきりと覚えている。何年も悩んできたのだ。あれはイブと過ごした夜だった。アイビーはやっと一八歳、しかもひどくうぶな一八歳だった。イブが母親とピザを買いに出かけ、アイビーはひとり家に残った。いや、そう思いこんでいた。ライダーが突然帰ってきたのを知らなかったのだ。だから、寝室のドアを閉めることなど考えもしなかった。

彼女はシャワーを浴びるつもりでテディ以外すっかり脱いでいた。きれいなクリーム色のシルクのテディはイブからのクリスマスプレゼントだった。高価なランジェリーだが、だれかに、ましてライダーに見られるとは夢にも思わなかった。

しかし、ライダーは開いたドアからレースのテディ姿のアイビーを見て、彼女がわざと自分に見せつけているのだと信じこんだ。

いまでもあのときの彼の表情が目に浮かぶ。戸口で凍りついたように立ちつくし、細めた目は暗く陰っていた。彼は入ってドアを閉めたが、その顔は彼女をとがめ、怒っているように見えた。

一八歳のアイビーは若くてうぶで、初めての真剣な片思いに苦しんでいた。せつないあこがれの目で見上げる彼女は清純で美しく、ライダーは必死で自分を抑えた。しかし、淡いレースにうっすらと透ける固いつぼみに目を奪われてしまった。

アイビーはショックで息もできなかった。ライダーは彼女と目を合わせ、大きな体をこわばらせた。

世のなかは開放的で、イブはボーイフレンドとの自由な付き合いを隠さなかったが、古風なアイビーにすれば、下着姿を男性に見られるのはこのうえなく恥ずかしかった。しかし、不運なことにライダーはそれを知らず、アイビーがイブと同じように現代的な考えを持っていると思っていた。

「きれいだ」ライダーは優しく言い、レースとシルクに包まれた体を目で楽しんだ。「きみはいつだってすてきだけどね、アイビー」

「ここにいてはいけないわ」アイビーは喜びと恐れに引き裂かれ、口ごもった。

「なぜ？　ドアを開けて待っててくれたんだろ？」

ライダーが手を伸ばすと、アイビーは目を見開いた。「いいえ、ライダー……そうじゃないの」

だが、あがいても遅かった。ライダーはずっと前からアイビーを欲しいと思っていた。自分ははめられたのだと腹を立てながらも、彼女のあまりの美しさに自分を抑えきれなかった。

やせた大きな手でアイビーの顔をはさみ、彼女を見つめながら顔を近づける。しかし、触れたのは唇ではなく、レースに包まれた固い胸のつぼみだった。

アイビーは彼の肩をつかみ、思わず声をあげた。温かく湿った唇の感触が、ほっそりとした体に、自分でも知らなかった欲望のうずきと震えをかき立てる。彼がテディのひもを肩から滑らすのをぼんやりと感じたが、あらわになった胸を見る彼の目にふと気づき、殴られたようなショックを受けた。ライダーはつぼみに唇を当てたまま彼女を抱き上げた。

アイビーは必死でプライドを呼び覚まそうとした。「ライダー、いけないわ」イブのとツインになったベッドに横たえられ、アイビーは弱々しく言った。

ライダーには聞こえないらしい。自分も横になると長く力強い脚を彼女の脚にからませ、両手でサテンのような彼女の背中をなで、唇で唇をとらえた。

それはアイビーが初めて知る大人のキスだった。その激しさはいま思い出しても赤くなるほどだ。深く焼けつくようなキスに、彼女は震え途方に暮れた。

やがて彼の熱い唇が全身をはい、アイビーは体をそらせた。その反応は、彼女が無垢《むく》かもしれないという疑いをライダーの頭から払拭《ふっしょく》してしまった。彼は強く温かな手でアイビーの胸を包むと、そっとつぼみをかんだ。アイビーが小さなうめき声をあげた。

アイビーの震えを帯びた懇願がライダーを追いつめた。「きみのせいでどうなったか、感じてごらん」暗い瞳で彼女を見つめ、彼は自分の目覚めた体に彼女の体を引き寄せた。彼の生々しい欲望を感じ、アイビーの目が驚きで丸くなる。「きみが欲しいんだ、我慢できない！　大丈夫かい？」

ハスキーな声できかれて、アイビーは冷水を浴びたようにはっとわれに返った。「だい……じょうぶって？」温かな手と甘い唇の感触に体が震える。

「ピルかなにか、使っている？」コントロールを失うまいとしながら、欲望にライダーの声は低くなり、目が陰りを帯びてくる。

アイビーは顔を真っ赤にした「ライダー、わたし……バージンなの。知らないの……あの、つまり、ピルは使ってないわ」

彼が黒い眉をひそめた。「きみは、なんだって？」

相手の表情に脅《おび》え、アイビーはつばをのみこんだ。「初めてなの」彼女が小声で言う。ライダーはアイビーが耳にしたこともない言葉を吐いて立ち上がると、まるで憎んでいるように彼女をにらんだ。「ちくしょう」その静かな言い方は、怒鳴られるより恐ろしかった。「気を持たせておいて！」さらに、彼はほかの女性には決して言いそうにない言葉を彼女に浴びせた。そしてアイビーを残して出ていったが、彼女は気づきもしなかった。戻ってきたイブには頭痛がすると嘘をつき、アイビーは家に帰るとひと晩じゅう泣き明かした。以後、イブにいくら誘われてもキャラウェイ家には泊まらなかった。ライダーだけがわけを知っていたが、ふたりともそのことはいままで一度も口にしていない。

そのできごとはアイビーの心に傷を残した。なぜか自分が安っぽくなった気がする。そして自分の傷つきやすさとライダーの誘惑のうまさを思い知った。イブから彼の女性関係や開放的な恋愛のことを聞いていたので、あれは一時的な欲望のせいだということはわかっている。

だが、あの夜のアイビーは心からライダーを思っていた。その後さまざまな言い訳をしてキャラウェイ家には行かなかったし、ライダーもベンが現れるまでの二年間、彼女を避けているふうだった。ところがベンが彼女に注目しだすと、また近づいてきて、ある日思いがけなく夕食に誘ってくれた。だが、アイビーは自分自身の気持ちとライダーの自分を見る目が怖くて、ベンとのデートをでっち上げた。ところがその話を打ち明けられたベンは本当にデートしようと言いだし、数週間後、ライダーが海外へ行っているあいだに、ふたりはひっそりと結婚したのだった。

「もちろん、覚えているだろう？　あの夜のことは、後悔している。きみを避けようとあくる日からトロントへ行ったんだが、気づかなかったかい？」ライダーが悲しげに笑った。

「あの日以来、きみはぼくの家に泊まらなくなった」

「あなたは勘違いしたのよ。わたしはあなたが家のなかにいるって本当に知らなかったの」

ライダーは顔をゆがめ、目をそらせた。「ぼくが気づかなかったと思うのか？　だが、あとの祭りだったよ。ぼくはきみを怖がらせてしまったんだ。あとはきみに近づかないようにするしかなかった。もっとも、その必要もなかったけどね。初めてデートを申しこんだとき、きみはまっすぐベンのもとへ走ってしまったから」

「わたし……あなたがまだ、わたしのことをそういう女だと思っているかもしれないと思ったの」そのときの恐怖がありありと浮かぶ。アイビーは自分の体を両腕で抱いた。「もしかしたら、あなたは復讐《ふくしゅう》するつもりじゃないかって。あの晩、わたしを憎んでいるように見えたから。あなたは言ったわ……」彼女は頼りなげに笑った。「わたしの胸は大人の男性の気を引くには小さすぎる、あなたがわたしに触れたのは、手近にいたからだって」

ライダーは目を閉じ、深いため息をついた。また地平線に向かい、両手をポケットへ突っこむ。「男は……欲求不満だとそんなことを言うのさ。いまは、きみもわかっているだろうが。あの夜言ったことはみんな嘘だよ。ぼくはひどく傷ついていたんだ」

アイビーは地面を見つめた。そのことは何年もたってからわかってきたことだった。でも、たいした助けにはならない。わたしはライダーを愛していたのに、彼はわたしの幼い自尊心を踏みにじったのだ。

「ごめんなさい」アイビーは力なく言った。

「きみのせいじゃない。悪いのはぼくさ。きみがあまりにもきれいだったから誘惑に負けてしまった」ライダーはちらっとアイビーを見たが、黒い瞳に疑いの色を読み取り、顔をこわばらせた。

ライダーの深い声に優しさを感じたアイビーは体じゅうが温まる思いだった。ほめるというより、謝っているように聞こえたが、目を合わせられなかった。「ありがとう。でも、無理しなくていいわ。ベンも……わたしは小さすぎるって……」

ふいにライダーがアイビーの両腕をつかみ、あざがつくほどの力をこめて彼女を引き寄せた。「嘘だったんだ。嘘だってわからなかったのか？　もう少しで無理やり奪ってしまうほど、きみが欲しかったんだ！　ぼくは逃げ出してきみを傷つけなければならなかった。きみがぼくに近づかないように！」長身の力強い体が激情に震えている。「ああ、アイビー、きみにはわからないよ。何年間もあの夜のことが忘れられなくて、ぼくがどんな気持ちでいたか、きみにはわかりっこない！」

原因はわからないものの、アイビーは彼の顔に浮かぶ深い苦悩に気づいた。彼女はなにも考えずにライダーのやせた頬に手を伸ばし、優しく触れた。彼は身を引いたが、アイビーが手を引こうとすると、そのてのひらを自分のあごに当てた。

「いいのよ。昔のことですもの」アイビーが言う。

「つい、きのうのことさ」ライダーは急に年をとったように見えた。「きみはぼくから逃げ出した」

「どうしていいか、わからなかったの」

ライダーはアイビーを引き寄せ、そっと抱きしめた。「たぶん、きちんと話し合うべきだったんだ」

「ええ」アイビーは目を閉じた。彼の腕に抱かれているなんて、夢のようだ。喜びに体が震える。

ライダーは彼女の震えを感じ、体をこわばらせた。彼女はぼくを恐れている。ぼくへの欲望のせいだろうか。いや、またぼくが思い違いをしているのかもしれない。片手をゆっくり彼女の背中へ滑らし、さらに引き寄せる。のどに彼女の速い呼吸を感じ、その官能的なため息に体じゅうが熱くなった。あの夜のことがよみがえってくる。ずっと昔、彼女のこと以外なにも考えられなかった夜のことが。いまもその思いに変わりはない。いや、年月がたってますます募っている。彼女が欲しかった。肉体だけではなく、すべてが欲しい。自分だけのものにしたい。

「もし、ぼくがあんなばかなことをしなければどうなっていたかな、とよく思った」彼はさらにアイビーを抱き寄せた。「ぼくらは友だちだった。またあの親しさを取り戻せたらと、ずっと願っていたよ」

「わたし……取り戻せていると思ったけど」アイビーは声を落ち着かせ、高鳴る心臓の鼓動を静めようとした。これほど近くに男らしい体を感じていてはなにもできない。手を伸ばして彼を抱きしめたい、裸の胸に顔をうずめ、彼の欲望を感じたい……。

「いや、そうでもない。しかし、ふたりでがんばれば、友情が戻るかもしれないよ。どう思う?」

アイビーは目を閉じた。「そうかもしれないわ」

ライダーはアイビーの顔を自分のほうへ向けた。「美しい。男のあこがれだ」

あなた以外のね。もう少しで声に出そうになった。アイビーは少し悲しげにほほえみ、身を引いた。「いいえ、そうでもないわ。戻らない? 始まるみたいよ」オークション台の周囲に人が集まっている。

「え?」ライダーは無理に頭を働かせようとした。彼女の香りがぼくの鼻孔をくすぐり、感触が……。彼はアイビーの視線を追った。「ああ。オークションか。そう、戻ったほうがいいな」

戻ったほうがいい、現実に。ライダーはアイビーの腕を取り、人込みのなかに入っていった。かいま見た天国の味をまだ味わいながら。友情でも、なにもないよりはましだ、と強く自分に言い聞かせる。これから、もっと満足のいく長い付き合いに発展するかもしれない。競売人が口上をまくし立て始めるころには、ライダーの顔に笑みが浮かんでいた。

3

オークションのあいだじゅう、アイビーは横に立つライダーの温《ぬく》もりと力を感じていた。競りが終わり、車に戻るまでふたりは口をきかなかった。

「さっきから黙ってるね」ライダーがタバコに火をつけながら言った。

アイビーは目を伏せている。「思い出すのがつらいの。ずっと心の奥に押しこめてきたから……」

「ぼくもさ。ぼくはすっかり思い違いをしていたよ。きみがどれほど純真か、わかっているべきだった」

「自分の反応を思えば、あなたを責められないわ」

「そうかい？」ライダーは腹立たしげだった。

目を伏せたアイビーに恥ずかしさが波のように打ち寄せてくる。「最初あなたをとめようとしなかったもの」

「悪かった」ライダーの目に苦い後悔の色が浮かんだ。「きみが恥じることはないんだ」

「あのあと、あなたはわたしを避けていた」

「そうすべきだと思ったんだ、やり方はまずかったかもしれないけど。きみの肌の感触が忘れられなかったからね」ライダーは苦笑いした。

「いい勉強をしたわ」彼女はまっすぐ前を見つめ、思いにふけった。人々が暗がりのなかを歩いていく。「おかげでふしだらなところがなくなったもの」

ライダーが体を硬くした。「きみはふしだらなんかじゃない。若くて好奇心が旺盛《おうせい》だっただけさ」

「それでも、やっぱり恥ずかしいわ」

「もっと前に話し合っておくべきだったよ。きみの魅力に逆らえないとわかっていたから近づかなかった。きみが欲しくて、ついきみの年を忘れるほどにね。こう聞いて、少しは気が楽になったかい？」

「あなたが……わたしを欲しかったというの？」

「そうさ」そっけない返事だった。「きみが欲しかった。だがきみは一八で、ぼくは二八だった」

アイビーは彼の目を探り、柔らかい声で白状した。「わたしもあなたが欲しかったわ」

ライダーの顔がこわばった。「いまも？」

アイビーは顔をそむけ、両腕を胸の前で組んだ。「いまはなにも感じられないの。ベンはわたしのせいで死んだのだと思うと」

「どういう意味だい、きみのせいというのは？」

アイビーは目を閉じた。「彼の期待を裏切ったの。わたしは、どうしても……」彼女は肩を落とし、苦痛の色を浮かべて地平線を見つめた。「わたしはいい妻ではなかったのよ」

ライダーはゆっくりと息を吐いた。彼女が罪の意識を持っていたとは思いもかけなかった。結婚のことや、夫に対する彼女の気持ちをもっと知りたい。

アイビーは腕をほどき、両手をポケットに突っこんだ。「でも、もうすんだことだわ。あなたの言うとおり、またやり直さなければね」

「ああ」ライダーは彼女から視線をはずし、タバコに火をつけた。彼女のそばにいるだけで無上の喜びを感じ、緊張する。「仕事をしてみたら？」

アイビーが笑う。「またその話になるのね」

「そうさ。考えこんでばかりはよくないよ。ぼくのところで働かないか。先月頼りになる秘書がやめて、あとがまがまだ見つからなくてね。いっしょに旅行ができて、しかも、仕事のことをやたらにしゃべりちらさない人間が必要なんだ。ぼくたちは昔からの知り合いだし、うまくやっていけると思うよ」

気をそそられる話だった。でもわたしは彼を愛しているけど、彼のほうは昔の欲望が残っているだけ。気まぐれな彼のもとで働くなんて、できるだろうか？「わからないわ。

仕事であなたと世界じゅう旅行するのがわたしに合っているかどうかも」

「楽しんでもらえると思うよ。いろいろ珍しいところへ行けるし、給料はいい。きみは頭の回転が速いから、仕事がおもしろくなるはずだ」

それは間違いない。ライダーはつぎつぎと胸の躍るような仕事をしているし、驚くほど大勢の名士を知っている。きっと活気のある毎日になるだろう。「考えさせてもらえる?」とうとう彼女は言った。

ライダーはほほえんだ。「二週間だけね。いつまでもこのままではいられない。ぼくは事務的なことは苦手だし、秘書の人員が足りないんだ」

「旅行はよくあるの?」

ライダーの目がまた輝きだした。「ああ。しかし、下心はないよ。きみを誘惑しようなんて思っていないさ。近ごろはそれほど女性に飢えてないからね」

アイビーは痛みを感じて息をのんだ。「そこまで言う必要ないわ!」

「そうかい?」敵意もあらわに、ライダーは彼女をにらんだ。「きみは、自分はかなり魅力的だと思っているんだろう? いやなら、いつもの相手を連れていってもいいんだよ」

アイビーはライダーから離れた。鼓動が激しくなり、目がきらりと光る。「どうぞ、お好きなように。あなたのところでは絶対に働きません!」

アイビーがいらいらするのを、ライダーはおもしろがって見ていた。たぶん、ほかの女性がぼくの腕のなかにいる場面を想像して気が動転したのだ。そう思うとわくわくする。

「いや、働くよ。そのうち、だらけた生活がいやになるさ。なにもしないでいたら気が変になるからね」

「あなたといるほうがおかしくなるわ」

ライダーは肩をすくめた。「死んだような生き方よりはましさ。不幸を忘れるには自分のことを考えないのがいちばんだ。人のことを考えるんだ」

「あなたのところで働くのがどうしていいの？」

ライダーがほほえむ。「やってみればわかるさ。最新のプロジェクトで、アリゾナに退職者用の村を作るんだ。設計には将来の住人にも参加してもらうから、七十代や八十代の人たちによく会う。きみも会えば長生きしたくなるよ」

アイビーは心ならずも気を引かれた。「お年寄りって好きだわ」ためらいがちに言う。

「ぼくもさ。お年寄りには知恵がある。きみもきっとあの人たちに引きつけられるよ」

「きっとそうね」アイビーは細い眉をひそめ、ドアの取っ手をなぞっている。「その仕事、好きになれそうな気がするわ」しばらくして彼女は言った。

ライダーは自分でも気づかずに息をつめていたらしい。アイビーに悟られないように、ゆっくりと息を吐いた。「月曜から来てくれないかな。フェニックスへ行かなくてはならないんだ」

「なぜわたしにこの仕事をさせたいの？」

「きみは墓穴に入るには若すぎる。これがイブだったとしても、同じことをしたよ。きみには一八のときに恐ろしい思いをさせてしまったが、それでもぼくが信用できる男だと知っている。そうだろう？」

「ええ」アイビーは笑顔をつくった。「さびついた事務能力に油をさすのもいいわね。さっそく荷物をまとめるわ」

ライダーは彼女の黒い瞳をしばらく探っていたが、やがて口を開いた。「いい子だ。乗りなさい」

「帰るんじゃなかったの？」ライダーが彼の大きなれんが造りの家の前で車をとめたとき、アイビーはきいた。

「サーモンの料理方法を教えてくれるまでは帰さないよ」ライダーは、車から降りるアイビーに手を貸した。「ジーンには電話をしておく」

アイビーは笑いだした。なんて気まぐれな人。

「いいね」ライダーが階段を上りながらささやく。「きみの笑い声は久しぶりだ。もう、ずいぶん本物の笑い声を聞いていない」

「かわいそうなキム」アイビーが言いかけた。

ちょうどそのとき、玄関のドアが開き、アーモンド形の目をした小柄な男がライダーに体当たりしてきた。頭ははげかかり、顔は黄金色。腕を振りまわし、なにかわけのわからない言葉を叫んでいる。

「落ち着くんだ」ライダーが重々しく言った。「こら、落ち着け！」

キム・スンはライダーを下からにらんだが、互いの顔はかなり離れている。「牛乳がない。卵がない。小麦粉も、ショートニングも、砂糖もない。こんな原始的なところでどうやって料理できるのか？」

「電灯はあるし、レンジだってある」とライダー。

「いいレンジがあっても材料なしでどうする？」

「サーモンがあるはずだ」ライダーが意地悪く笑う。

「じゃあ、どこにサーモンがあるか当ててみなさい」キム・スンが言い返した。

「きょうは先生を連れてきた」ライダーはアイビーを前に押しやった。「この人もお母さんも、サーモンコロッケを作らせたら天下一品なんだ」

キムは優雅におじぎをした。「アイビーさん、またお会いできて光栄です。サーモン料理を教えてもらえる、よかった」またライダーをにらむ。「新しい料理を上手に作るには勉強が必要。それ、わからないばかな人もいるんです」

「もう一度、ばかと言ってみろ、おまえを箱につめて家へ送り返してやる！」

「しつけがなってません」キムは首を振りながらアイビーに言った。「礼儀作法、知らないんですよ。わたしが教育しなければなりませんね」

「だれが礼儀を知らないって？」とライダー。「だれがおまえに給料を払っているんだ？」

「あれっぽっちの金？　わたしの値打ちの一〇分の一にもなってない」

「おまえの言う値打ちどおりに払ったら、借金ができているよ！　あれっぽっちだと！」

ライダーはお手上げという格好をした。「ジョージア州でメルセデス・ベンツに乗ってるコックはおまえだけだぞ」

「まあ、まあ」アイビーが優しく言う。「血圧が上がるわよ。さあ、キム、また猛攻撃が始まらないうちに退散しましょう」

「はい」答えてからキムはライダーにしかめっ面をした。「あした、やめます！」

「あした、首にしてやる！」荒っぽい返事が返る。

キムは中国語でなにか言い、おもしろがっているアイビーを従えてキッチンへ向かった。

キムは覚えが早い。ライダーの好きなコロッケの作り方を教えるのにまったく時間はかからなかった。

「あの人、本当にそんなにひどいの？」アイビーは、キムがサラダオイルでコロッケを揚げるのを見ながらセロリをかじった。

「ひどくはありません。どうしようもないだけ！」キムがかぶりを振る。「遅くまで起きていて、食事をきちんとしない、働いて、働いて、働いてばかり。女性と付き合う暇もないし、あまり寝てないみたいです。最初は恋患いかと思いました。でも、いまは金儲《かねもう》けの中毒だと思ってます」

「彼は昔から落ち着かなかったわ」アイビーは昔を思い出してほほえんだ。「じっと座っていられない人なの。でも、食事をさせるのが大変だとは思わなかった。彼の食欲についてはこのあたりでも伝説になっているくらいなのに」

「わたしが作れないものだけね。わたしの専門はパイだって知っていると思ったけど。最初にビーフシチューを注文されたとき、神経衰弱になってしまいました。それからなにもかもうまくいかない」

「わかるわ」アイビーは笑った。長い髪を後ろへ払い、テーブルから立ち上がる。「もう帰るわ。母が誘拐されたと思うといけないから」

キムはしげしげと彼女を見ていたが、ふいにきいた。「ボスと婚約してたことありますか？」

「あら……そんな、いいえ」アイビーは口ごもった。「どうしてそんなことをきくの？」

キムは目をそらした。「詮索《せんさく》してすみません。いつか、なぜこんなことをきかれたかわかるでしょう。コロッケはもういいですか？」彼はアイビーの注意をフライパンへ向けた。

アイビーは、彼がなにを知っているのか気になった。その日の午後、ライダーはずっと兄のような態度をとっていた。イブとその夫の話をしたり、セイロン土産の木彫りの象を見せたり。そして、サラダとサーモンコロッケを食べていくように彼女をうまく説得した。キム・スンのコロッケは上できだった。

「来週はフライドチキンだ」ライダーはキムの作ったホイップクリームと果物を飾ったみごとなメレンゲケーキを平らげたあと、椅子の背にもたれてアイビーに言った。「ここでやめるわけにはいかないよ。彼を本物の南部のシェフにするまではね！」

「そうはいきません」キムが皿を片づけながら言う。「ひとつやふたつの料理でシェフにはなれない」

「じゃあ、毎週レッスンをしてもらおう。それも仕事のうちだと思ってもらえばいい」

「キムはわたしでは不服かもしれないわ」

「そんなことはないさ」ライダーがぷりぷりしているコックをにらむ。「いやがったら、今夜は家じゅうの銀器を磨いてもらうぞ」

キムがあわてて両手を振り、部屋を飛び出したあと、キッチンから中国語の怒声がした。

「そのうち彼、やめてしまうわよ」アイビーが言う。

「そんなことはないさ。どこで、こんな楽な仕事とぼくほどすばらしいボスが見つかると思う？」

アイビーは吹き出した。「かわいそうなキム」

「かわいそうなのはぼくさ」ライダーがため息をつく。「きみが帰ったら、あいつはタバコを隠すよ」

「彼を責められないわ」アイビーは笑顔で言った。黒い瞳が知らずにライダーの力強い顔にいく。

彼女に見つめられ、ライダーの脈が速まった。彼もアイビーをじっと見返す。彼女が目を伏せ、頬が赤く染まっていくのを見ているうちに、ライダーの胸に守ってやりたいという気持ちがわいてきた。

ライダーは立ち上がった。「送っていくよ。月曜の朝、六時までに支度できるかい?」一瞬のうちに事務的になっていた。「オルバニーからの旅客便に乗れば、アトランタで乗り継ぎができるからね」

「ええ、いいわ」アイビーは心のなかで、仕事を引き受けた自分を呪《のろ》った。もしかすると、これは一生のうちでも最悪の間違いになるかもしれない。

娘から話を聞いたジーンはそうは思わなかったようだ。心配する娘を前ににこにこして言った。「きっと楽しいわよ。それに、ライダーが面倒をみてくれるわ」

「これでいいんだとは思うけど」アイビーはため息をついた。

「そのうちにわかるわ」ジーンが優しく言う。「くよくよしないの。いいこと?」

アイビーはにっこりして母を抱きしめた。「わかったわ」

月曜日、ライダーは朝六時きっかりに迎えに来た。ダークブルーのピンストライプのスーツを着た彼はエレガントだった。黒のカウボーイハットとブーツがよく合っている。それに比べアイビーは、二年前の黒いスーツになんの変哲もない白のコットンブラウスという格好で、なんだかさえない感じがした。

「黒でなきゃいけないのかい?」ジーンと別れ、オルバニー空港へ向かうとライダーが文句を言った。

「スーツのこと?」アイビーはうなじにきっちりまとめた髪を片手でなでつけた。「これしかな……」

「もう少しうっとうしくないものが買えるように、給料を前払いしておけばよかった」

「うっとうしくなんかないわ。ベーシックな黒はとても引き立つ色なのよ」

ライダーの意見は目にはっきり表れている。彼はその目を道路へ戻した。「いきなり出張なんてことになって悪いな。本当は慣れるまで二、三週間、オフィスにいられるとよかったんだが。でも、フェニックスの現場に仕事があるし、きみにも、ぼくたちのやっていることを見てもらいたい。そうすれば、これからのきみの仕事もわかりやすいからね」

「アリゾナは初めてよ」アイビーが言った。

「大好きになるか大嫌いになるかだろうな。特にぼくらがこれから行くところはね」

「砂漠とガラガラ蛇?」声に不安が表れている。

ライダーは笑顔になった。「行けばわかるよ」

数時間後、ふたりの乗った飛行機はフェニックス上空にさしかかっていた。着陸態勢に入る直前、飛行機が切り立った山脈の上空を飛ぶと、窓側に座っていたアイビーは息をのんだ。「もっと平らだと思っていたわ！」

ライダーが低く笑う。「そうかい？　驚くのはまだこれからさ」

彼の言うとおりだった。飛行機から降りてみると、山は砂漠から直接突き出ている。そしてレンタカーでフェニックスを出ると、空からはなにもない砂漠だと思っていたところが、実は植物で彩られているとわかった。ジョージアの青々とした山や谷、豊かな川のおりなす自然とはまったく違うが、変化に富んだ土地の色と、さまざまな植物のある景観はやはり美しい。

都会を離れた空気はさわやかに澄み、どこまでも地平線に向かって続くなだらかなハイウエーを走っていると、気分がのんびりする。

アイビーがまわりの景色にうっとりする様子を見て、ライダーも新鮮な気分になった。退職者用集合住宅建設予定地のある町へ向かう長いドライブのあいだ、いろいろな種類の植物や動物を指さしては、彼女の顔を見守る。現場近くの豪華なリゾートホテルに部屋を予約してあり、そこが自分のプロジェクトに関係がないことも抜かりなく確かめてある。

「思ったより、ずっと大きいわ」先のほうにメサ・デル・ソルの小さな町が見えてきた。

「土地のことかい？　木が少ないからさ。遮るものがないから地平線が大きく見えるんだ。

アリゾナが大きいと思うようじゃ、モンタナはどうなるかな」

「この辺にゴーストタウンはある?」アイビーは急に熱をこめてきいた。

「結構あるよ。時間をつくって一、二箇所、連れていってあげよう。それでいいかい?」

アイビーは大きくにっこりした。「すてき!」

ふたりはホテルに行き、ドアひとつでつながった隣り合わせの部屋でひと休みしてからすぐに出かけた。現場はすでに基礎工事が終わり、ふたつのビルは一階が仕上がっている。

「すばらしいわ、ライダー」ビルの化粧漆喰《しっくい》が、切り立った山肌と砂漠にあざやかなコントラストをなしている。

「そうだろう」ライダーは彼女を本館に案内した。そこには建設監督の赤毛の大男が待っていた。「ハンク・ジョーダンだ」ライダーが紹介する。「プロジェクトの責任者だよ。ハンク、こちらはぼくの新しい秘書、アイビーだ」

「お目にかかれて光栄です」ハンクの挨拶《あいさつ》には心がこもっていた。

アイビーは会釈し、恥ずかしそうにほほえんだ。

「調子はどうだい?」ライダーがハンクにきいた。

ふたりが仕事の話をしているあいだ、アイビーは広々としたシンプルなオフィスを見て歩いた。鉢植えの植物やモダンな家具の入ったところが目に浮かぶ。ライダーはいい建築家を選んだわ。

「どう思う？」車に戻る途中、ライダーがきいた。「約六〇組の夫婦が住めて、病院用のビルやレストラン、劇場、薬局、食料雑貨店、ブティック、それに金物店までできる。エアコンの設備はもちろん、専用の給排水システムも装備されているんだ」

「なんだか未来都市みたい」

「そうしたいね。地球上のあらゆるところで土地が貴重になっているが、この集合住宅は、まわりの生態系をこわさずに土地の有効利用を考えてある」

「さっぱりわからないわ」

「でき上がってみればわかるさ」ライダーは腕時計を見た。「なにか食べよう。おなかはすいてるかい？」

「砂でも食べられそう」

「タコスがいいな。いや、ファヒタスがいいか。とにかく行こう」

　ふたりはハンクに別れを告げ、ライダーの運転でメサ・デル・ソルのホテルに戻った。気温の違いは驚くほどで、冬の格好で来たのだが、暖かくて温水プールに入りたくなるほどだ。水着を持ってくればよかった、とアイビーは思った。

　アイビーはスーツを脱ぎ、ジーンズに着替えた。ピンクのストライプのシャツに同じ色の厚手のトレーナー、それにスニーカー。髪は緩めにピンでとめる。ダイニングルームに下りていくと、ライダーもカジュアルな格好をしていた。黒のスラックスにバーガンディー色のベロアのプルオーバーを着て、ブーツとカウボーイハットはそのままだ。

「楽そうね」アイビーは笑顔でライダーを見上げた。

「きみもだよ。疲れたかい？」

アイビーは首を振った「こんなに楽しかったことはないわ」笑いながら言ったが本心だった。ライダーといるだけで冒険のようなものだ。「なんだか申し訳ない気がするわ。メモを取ったり、パソコンに入力したりしていなくちゃいけないのに」

「あとでたっぷりやってもらうさ。まず食事をして、それからよかったらプールサイドで書類を片づけよう。水着は持ってきたかい？」

「うちのほうでは霜が降りていたのよ」

「ここはアリゾナだよ」アイビーの体をわがもの顔に眺める彼の目が、一瞬暗い光を放ち、アイビーは身動きできなくなった。だがライダーはすぐに魔法を解くと、彼女を窓辺のテーブルに着かせた。

ふたりはタコスとファヒタスとフリホーレス・レフリートスを食べ、とてつもなく大きなグラスに入ったソフトドリンクを飲んだ。驚くほどのどが渇く。たぶん砂漠地帯の蒸発率が原因なのだろう。

ライダーは食事中、いつになく静かだった。食事が終わるとブリーフケースを取りに行き、プールでアイビーと合流した。パラソルつきのテーブルで書類を広げ、メモ用紙とペンをアイビーによこす。

「報酬分の働きをする時間だ。そのあとで少し、ゆっくりできるよ。数字を書き取ってもらいたい。パソコンを持ってこさせたら、今夜それを入力してもらえるかな？」

「もちろんよ」そのために連れてこられたのだから。それにしても、彼はアリゾナに着いてからずっと緊張しているようだけど、なにが気になるのかしら？

アイビーは、自分の存在がライダーに麻薬のような作用を及ぼしているとは気づかなかった。彼を落ち着かなくさせ、飢えた思いにさせているのだ。ライダーは必死でそれを悟られないようにしたが、ぴったりしたジーンズをはいたアイビーを見ていると、気がおかしくなりそうだった。働いていれば、少なくとも正気でいられる。自分のところで働いてもらえるようにしたのだから、短気を起こして、また彼女を失うようなことはしたくない。

ライダーはテーブルの上のアイビーの手を見た。まだベンがはめた結婚指輪をしている。その指輪を引き抜いて、できるだけ遠くへ投げてしまいたい。ベンのものだという印を取り、彼女を自分のものにしたい。しかし思うだけで、自分にはとうていできないのはわかっていた。あれだけ欠点があったのに、アイビーはまだベンを愛している。どうやって張り合えばいいんだ？

たぶん、そのうちにぼくのほうを振り向いてくれる。そう願うことで、ライダーはかろうじて正気でいられた。

4

アイビーはライダーと続き部屋なのを心配する暇もなかった。彼は書類整理や毎日返事を出さねばならないメールの処理に追われていた。パソコンに慣れているアイビーは、かなり時間を節約できたが、それでも口述筆記やライダーの満足のいく手紙を作成するのに一日の大半を使った。ライダーは一日じゅう動きまわり、現場へもよく行く。彼が部屋にいるときは、ふたりはいっしょに働いた。

事務処理の多さは驚くほどだった。社内への伝言、会議の通達、重役会の最新情報、大量の書類が必要な海外の問題、用地や資金に関する質問、銀行への返事……優に三人の秘書を必要とする量だ。

ライダーは、アイビーが慣れない仕事にてこずっていることにようやく気づいた。

「そのうち楽になるよ」ホテルに来て三日目の朝早く、ライダーが言った。「できるだけでいいんだ。オルバニーに帰ったら、アシスタントをひとりつけるよ。メアリーがやめてからずっとこんな調子でね。一〇年いて、なんでも知っていた彼女とすぐに同じようにはできないさ。だから気にすることはない。わかったかい?」

アイビーはほっとしてほほえんだ。「ええ。わたしには無理だと思い始めていたの」

「そんなことはない。きみの入力スピードは平均以上だし、速記法はちょっと変わっているが、すばらしい」ライダーがくすりと笑う。「うまくいくよ。あしたはゴーストタウンを見に行こうか?」

「いいの?」アイビーが叫ぶ。「時間はある?」

「あれだけ働いたんだ、時間はつくる」ライダーは時計を見て顔をしかめた。「しまった、銀行で会合があったんだ。急がないと。きみはルームサービスを頼んで電話番をしてくれ。ロンドンからかかってきたら、伝言を聞いておいてほしい」

「そうします」アイビーはライダーが出ていくのを見守りながら、彼の尽きることのなさそうなエネルギーに感心した。彼のペースに巻きこまれ息もつけない。それでも、刺激的でやりがいのある仕事だし、当分飽きることはないだろう。

あくる日の午後、昼食をすませると、ライダーとアイビーは4WDの車にソフトドリンク入りのクーラーを積み北へ向かった。ふたりともジーンズにブーツといういでたちだ。アイビーはライダーに言われて帽子をかぶった。助手席に座った彼女は、ふたりのシャツが同じ水色だとわかってにっこりした。もっとも、アイビーは首にしゃれた赤いスカーフを巻いているが、ライダーはなにも巻いていない。暖かいから上着はいらないが、長袖《ながそで》のシャツにしたのは寒さというより日焼けを防ぐためだ。

「どこへ行くの？」アイビーがきいた。

「人里離れた、観光地図には載っていないところさ。昔からハンクの家が持っている古い銀山だ。きみをゴーストタウンに連れていくと言ったら、そこへ行けと勧めてくれてね。門の鍵《かぎ》も貸してくれたよ」

「親切なのね」アイビーはほほえんだ。

「ハンクは女性に弱いのさ」ライダーは笑ってアイビーをちらっと見た。「きみに参ったらしい」

「でも、ほとんど話もしてないのに」

「きみは自分の力がわかってないんだな」低い声に、わずかに鋭さがある。「女性はみんな、自分の魅力をわかっているものなんだが」

それはベンにあらゆることをけなされ自信をなくしたせいだが、アイビーは黙っていた。

「アリゾナにはたくさん鉱山があったんでしょ？」

「いまもある。いちばん古くて有名なのが、スペリオルの近くにあるシルバーキングだ」

「トゥームストーンはもとは銀山じゃなかった？」

ライダーは笑った。「そのとおりだよ」

「アリゾナ行きが決まってから、いろいろ読んで勉強したの。でも来てみたら、想像とは全然違っていたわ」

ライダーはアイビーが見とれている遠くの切り立った山脈へ目をやった。「ぼくも初めはそう思ったよ。東部とはまるで違う」

「でも、本当にきれい」熱のこもった言い方だった。

「いやになるほどね。向こうに着いたらぼくにぴったりついててくれよ。みんなよく穴に落ちるんだ」

アイビーは怖くなった。「冗談でしょう？」

「本当さ。下にあるトンネルのせいで、この辺のビルは何年ものあいだに位置がずれている。年じゅう地崩れがあるし、何人も廃鉱の穴に落ちてるんだ」

アイビーは身震いした。「なんて恐ろしいの」

「やたらに歩きまわらなければ大丈夫さ」ライダーは彼女をちらっと見てほほえんだ。「ぼくがついてる」

アイビーは胸がどきりとした。ライダーの口調が急に優しくかばう感じになり、彼女の体は溶けてしまいそうだった。心のなかを見られないよう気をつけなくては。でも、それは簡単ではなかった。彼の横に座っているだけで、体じゅうがうずいてしまうのだから。

車はハイウエーを出て舗装していない道路に入り、閉ざされた門の前に着いた。ライダーがハンクに借りた鍵で重たいチェーンについていた南京錠をはずす。それをまた閉めて、わだちの残る道を進み、鉱山跡に面した谷へ向かった。山々のトンネルは歴史を物語っている。事務所だったらしい石の土台とれんがの壁、それに住宅や精錬所跡などがある。風が絶え間なく吹いていた。アイビーはライダーと並んで歩きながら、巨大な廃墟《はいきよ》のなかでむなしさを感じた。万物は、なかでも人間は永遠には生きられないのだという実感がわき上がる。深く息を吸い、目を閉じた。いまにも人々の声が聞こえてきそうだ。

「夢でも見ているのかい?」ライダーがからかった。

アイビーは笑って目を開け、肩をすくめた。「ちょっと、ゴーストの声を聞いていたの。きっといろいろ話を聞かせてくれるわ」

「そうだろうね」

「ここで働いていた人、住んでいた人、みんな死んでしまったのね。なんだかとてもむなしい気がするわ。いったいこれはなんのためだったのかしら?」

「夢を探し求めていたんだろうな」一瞬、彼女の横顔を見るライダーの目が飢えたように陰った。「たしかに、どんな犠牲を払ってもいい夢だってある」

「そう?」アイビーは気のないつぶやきをもらし、伸びをした。「おなかがすいたわ!」

ライダーがおかしそうに笑う。「それはぼくの専売特許じゃないか。バスケットを取ってこよう」

ライダーが車から食料を取ってきて、間もなくふたりは紙皿にのせた冷肉の薄切りやサラダを冷たいソフトドリンクとともに味わった。

「天国だわ」アイビーはライダーにほほえみながらため息をついた。ふたりは石の階段に座り、ステップをテーブル代わりに使っていた。日差しは明るく、風が吹いている。「きっとここで昔、ピクニックをしたのよ。たぶん、子供たちはあの大きな石の上で遊んで、女の人はお店へ買い物に行ったんだわ」

「店？」ライダーは顔をしかめた。

「あら、あったはずよ。ほかの居住地は遠いし、男の人は鉱山で働いていて、布や小麦粉やコーヒーなんかを買えるお店があったはずだわ。たぶん、ほかにもいろいろ。ジェロームに売春宿やバーはなかった？」アイビーは恥ずかしそうに横目でライダーをちらりと見ながら付け加えた。

ライダーは心の底から楽しそうに笑った。これほど明るく、なにもかも平和に感じられるのはずいぶん久しぶりだ。アイビーを見ていると満ち足りた思いになる。彼女は美しい。黒いロングヘアも、優しい心も。ライダーはたまらなく彼女が欲しかった。

「ああ、ジェロームには娯楽施設があったよ。でも、こういう小さな町は家族の絆《きずな》がしっかりしていただろうから、たぶん売春宿なんかなかったろうね」

「奥さんが許さないってことね」

「そのとおり」ライダーは帽子を後ろへずらし、アイビーを無遠慮に見つめた。「きみはここ何カ月かに比べると、ずいぶんくつろいでいるようだね」

「何カ月なんてわたしを見てないのに」アイビーは軽いユーモアをこめて言い、長い髪をいじった。「たぶん、家を離れたのがよかったのね。あなたは本当によくしてくれるわ、ライダー……」

「礼なんかいらない。ぼくには秘書が必要で、きみには仕事が必要だった。ビジネスさ」

アイビーはがっかりした。落胆を見せないようにはしたものの、期待を裏切られた気がする。でも、なにを期待していたの？　過去がふたりの将来など望めなくし、ベンへの罪悪感もまだ残っているというのに。

アイビーは膝の上で両手を組み、その手をじっと見つめた。「でもやっぱり親切だわ。母は、わたしが気力をなくしていると言ったけど、実際そうだったのかもしれない。あれから……ベンが死んでから、なにに対しても興味が持てなくなってしまったの」

ライダーは帽子を脱ぎ、豊かな黒い髪を乱暴に手ですいた。「当然だろうね」彼は怒ったようにアイビーを見た。「しかし、彼は死んだが、きみは生きているんだ。過去に生きようなんて無駄なことさ」

まったくそのとおりだが、アイビーはベンのいたころではなく、ライダーに初めてキスされたときの夜に戻りたい、もう一度チャンスが欲しい、と思いつめていた。けれどそんなことは不可能なのだ。

アイビーはため息をついた。「そうかしら？」彼女はごみを集めてビニール袋に入れた。そして、ライダーがその袋やバスケットを車に戻すあいだ、石段のいちばん下に座り、山のつらなりに続くなにもない美しい平原を眺めていた。

横に来たライダーが、かすかに眉根を寄せて彼女を見下ろした。「くよくよ考えるなよ」

「そうね」アイビーはそっとほほえんだ。「すぐに帰らなくてはだめ？　ここは本当にすてきだわ」

「急ぐことはないさ」ライダーはアイビーより一段上に座ったが、突然、後ろから長い脚で彼女をはさみ、大きな両手を胸の下にまわした。「怖がらないで」体を硬くしたアイビーに言う。「座って風が吹くのを見るだけだ。いいだろう？」

アイビーはつばをのみこんだ。力強い温《ぬく》もりに包まれて夢見心地になり、思わず自分の弱さを露呈してしまうのではないかと怖かった。でも、あまりにも心地よくて逆らえない。

「いいわ」アイビーは穏やかに言い、リラックスして彼に抱かれようと努めた。目を閉じ、広い胸に頭を自然に預ける。ほんの少し天国を味わうだけ。そして、黙って仕事に戻るわ。

アイビーは彼の腕に引き寄せられるのを感じた。背骨が彼の広い胸と平らなおなかにぴたりと合う。

「気持ちいい？」ライダーの声が、風の吹く谷間の静けさに、深くゆっくりと耳もとに聞こえた。まるで世界にふたりっきりしかいないようだ。

「ええ」魔法をこわしたくなくて、アイビーはそっと答えた。

ライダーは頬を彼女の髪にすり寄せた。何年ぶりかで平和な気分を味わっていた。この何カ月かずっとつきまとっていたひどい不安もない。アイビーはバラの匂《にお》いがした。彼女を抱きしめたくて苦しんだ長い夜がよみがえってくる。アイビーがおとなしく抱かれているのは驚きだった。彼女もこの寂しい過去の廃墟で人恋しさを感じているのだろう。

アイビーは自分の白い手と、対照的な日に焼けた褐色の手を見た。

「大きな手ね」なめらかで清潔な爪をそっとなぞりながら、アイビーはささやくように言った。

「きみの手は上品だ」ライダーの低い声が直接背中に響いてくる。「音楽の勉強はしなかったんだろう?」

「ええ。したかったけど、お金がなくて。父がわたしの小さいときに亡くなったから」

「お父さんとは会えなかったな。うちがオルバニーに越してきたのは、きみが中学生のときで、すでにお母さんとふたりきりだった」

「あなたのご家族はみんな親切だったわ。わたし、あなたのお母さまが大好きだったの」

「母はだれからも好かれていた。本当のレディーだったよ」

アイビーは目を開け、いまも採掘の傷跡を残す崖《がけ》の岩肌が赤やオレンジや黄色に変わるのを見つめた。「お父さまは少しクールな感じだったわね?」

「金を稼ぐのが好きだったのさ」風が強く、冷たくなってきたので、ライダーはアイビーをさらに引き寄せた。「父は父なりに母を愛してはいたが、傷つけてもいた。優しい愛を見せたことは一度もなかったよ。いまでも、イブやぼくにクリスマスに便りがあればいいほうでね。あまり家族のことを気にかけていないのさ」

アイビーはライダーに手を重ね、優しくきいた。「寂しいの、ライダー?」

ライダーの顔がこわばった。アイビーの温かい体の感触に血がたぎってくる。彼はアイビーの黒いロングヘアを見つめた。「ああ、寂しいよ。きみは寂しくないかい？　みんなそうじゃないかな?」

「そうね」アイビーは彼の日に焼けた指をなにげなくなぞっていたが、彼が息をのみ、両手に力をこめたのを感じて初めて、それがどれほど刺激的だったのかに気づいた。

「気をつけてくれ」ライダーが耳もとでささやく。「誤解するよ」

アイビーは心臓が跳びはねそうなほどどきりとした。その低い声がほのめかしたことははっきりしている。膝がなえてきて、彼女は座っていてよかったと思った。

「ひとつきいてもいいかしら?」

「なんだい?」

「なぜいままで結婚しなかったの?」

指の長い手がアイビーを抱き寄せてから、ジーンズに包まれた彼女の腿に滑り、なれなれしくそこに落ち着いた。「結婚は厳粛なものだ。離婚はするべきじゃないと思っている」

「きっと……考えたことがあるのね」こんなになれなれしく触れさせてはいけない。そう思いながらも、ライダーの胸に抱かれる心地よさにうっとりとしてしまう。アイビーはいままでにないほど自分の体が敏感になっているのがわかった。

「考えたって、なにを?」ライダーは耳もとでささやき、彼女の耳たぶをそっとかんだ。

アイビーがはっと息をのむ。「あの……結婚……について」やっとの思いで言った。「震えているね」

「たぶん、一度は」ライダーの両手が腿から腹部に上がり、胸の下でとまった。

「そんなふうにさわって……わたしに……なにを期待しているの?」かすれた声でアイビーが言う。

「こんなふうに?」ライダーは彼女の耳にささやき、胸に手をやった。軽く触れられ、つぼみが固くなる。

「ライダー!」アイビーが声をあげた。

「別にショックじゃないだろう?」かすかにあざける調子だった。「なんといっても、きみは未亡人だ。うぶなバージンじゃないんだからね」

突然彼の手に力が入り、後ろに引き寄せられてアイビーは身震いした。「あの夜は……そうだったわ」喜びに燃えながら彼女が言う。「あなたはわたしを押しのけて……」

「そう」あの夜――ライダーの耳には彼を求める甘い声が聞こえ、唇にはシルクのような肌を感じ、体が勝手に反応してしまった。突然彼は罵《ののし》りの言葉を吐くと、急にアイビーを放して立ち上がった。一瞬、なにが起きたのか彼女には理解できなかった。彼はタバコに火をつけるために背を向け、自制心が戻るまで誘惑のもとが目に入らないように二段上へ移動した。こんなに手に負えない状況にしてしまった自分が嘆かわしい。彼女に触れると、とたんに抑制がきかなくなるようだ。これからは離れていなければ。

アイビーにはなにがいけなかったのかわからなかった。反動で体が震えている。体のうずきがなければ、彼が本当に触れていたとは思えない。感じやすくなった胸を両腕で覆い、アイビーは身を切るような寒さを感じた。体を寄せていた彼の温もりのせいで、気温がさがっていることに気づかなかったのだ。

「もう帰ったほうがいいな」やがてライダーがそっけなく言った。アイビーにかまわず、すたすたとジープに向かう。彼はドアは開けてくれたが、彼女に触れないばかりか、顔も見ずに出発した。

アイビーは口もきけず、ホテルに着くまで張りつめた沈黙が続いた。あんなに急に気まずくなったのが信じられない。だが、わたしがなにをしたっていうの、ときく勇気もなかった。ホテルに着いたときのライダーは、いんぎんな態度ですっかり事務的になっていて、アイビーは、彼がふたりのあいだにきっちりと距離をおこうとしているのに気づいた。

自分のまわりには長いあいだ女性がいなかった、とライダーは言っていた。たぶん、それは理性的ですばらしい容貌《ようぼう》の女性が、という意味だったのだ。そう思って、虹《にじ》は追いかけないことにしよう。ベンはわたしのせいで死んだのだ。ライダーへの欲望に負けてはならない。彼があれ以上求めてこなかったのは幸いだ。どちらにしても、彼はわたしを愛しているわけではない。一八のときのあの夜と同じ、激しい欲望にすぎないのだから。

つぎの日、ふたりは帰路についた。ライダーはアイビーを家まで送ってくれた。

「あした、オフィスに出られるかい?」ライダーが穏やかにきいた。

「ええ、ありがとう。八時半きっかりに行くわ。旅行のことも、ありがとう」アイビーは彼の目を避けながらぎごちなく言った。「楽しかったわ」

「ぼくが台無しにするまでは、だろう」彼の顔はこわばり、目が冷たい。「ここにいるほうがやりやすいな。人が大勢いて、ぼくも行儀よくできる」

アイビーは物問いたげに彼を見つめ、口を開きかけた。

「そういうことにしておこう」ライダーの顔は挑戦的だった。「じゃ、あした」

「わかったわ」彼は早く帰りたがっている。アイビーは車を降りた。ライダーは彼女のバッグを玄関のポーチに下ろしてくれたが、ジーンと挨拶《あいさつ》を交わすのもそこそこに、車に戻り、行ってしまった。

「楽しかった?」ジーンは娘を温かく抱きしめて笑顔でたずねた。

「仕事だったのよ。休暇じゃないわ。でも、ええ、楽しかったわ」

ジーンはそれ以上はきかず、アイビーも話す気になれなくてなにも言わなかった。

翌日、ライダーは秘書課の社員をひとりアイビーにつけ、自分でも主な仕事を教えてくれた。けさの彼は多少近づきやすい感じでアイビーはほっとした。

「大変そうに思うだろうけど」アイビーがだいたい仕事の要領をのみこむと、ライダーが言った。「しばらくは助手がいるし、そのうちに慣れるよ」

「そうね」アイビーはピンクのブラウスのあっさりしたビジネススーツ姿で、髪はきっちりまとめている。上品で、しかも有能な雰囲気だ。

「ピンクはきみに似合うよ」ライダーは彼女の申し分のない顔色や薄いピンクの柔らかい唇に目をやり、ぼんやりとつぶやいた。「とてもきれいだ」

赤くなったアイビーは顔色をさらによくして、ライダーにほほえんだ。彼はとても背が高く、大きく力強くて、気持ちのいいほど男らしい。アイビーは彼のくっきりした口を見て、唇を重ねたくなった。思いがけない激しい欲望に、脈が速くなる。

「ありがとう」アイビーはあえぐように言った。

ライダーは目をそらすことができなかった。彼女はぼくを無力にしてしまう。と同時に、自分が三メートルもある力強い男のような気にもさせられる。彼は自分の弱さが腹立たしくなってため息をついた。

「わたし、なにかいけないことをした？」アイビーが口ごもる。彼のしかめっ面がアイビーを不安にし、秘書課の女性たちもざわめきだした。

「どういう意味だい？」ライダーがうわの空できく。

「あなたがわたしをにらんでいるんですもの」

「ぼくが？」ライダーは肩をすくめて目をそらせた。「さて、要領をわかってもらえたら、ぼくは会議に行くから」

「大丈夫だと思うわ」アイビーの黒い瞳が、一瞬彼を食い入るように見つめ、すぐに下を向く。「いろいろ教えてくださってありがとう」

「どういたしまして」

ライダーはアイビーのわきを通りかけたが、急に立ちどまり、彼女の目をまっすぐに見た。彼はダークスーツ姿で帽子はなく、どこまでもビジネスマンらしく見える。上等な生地がぴったりと体に合い、力強い体の線がはっきり出ている。その完璧《かんぺき》な男らしさに、アイビーは思わずうめきそうになった。

「きみをランチに連れていってもいいんだが、お互いに気まずくなるだろうからね」彼が穏やかに言う。

「そうね」アイビーは恥ずかしそうにほほえんだ。「お気持ちはありがたく受け取っておくわ」

「土曜日にはうちに来るんだよ」

「なぜ?」急に話が変わり、アイビーは当惑した。

「サーモンコロッケさ」

「ディズニーの映画みたいに、キムをとめられないの?」アイビーがはしゃいで笑う。

「そのとおりなんだ。ぼくにえらやうろこが生える前に、あいつに別の料理を教えてやってくれ」

「わかったわ」

「逆らわないのかい?」ライダーは低く言った。

アイビーがうなずく。「キムはとても覚えの早い生徒よ。好きだわ」

「あいつもきみが好きさ」ライダーはこもった声で言い、かすかにほほえんだ。「じゃ、またあとで」

アイビーは出ていく彼を見つめた。あれほど謎《なぞ》めいた人もいないわ。とても孤独な感じがして、人込みのなかでも、オフィスでも超然としている。いつか本当の彼を知るほど近づけることがあるだろうか。

秘書のひとりに呼ばれ、アイビーはアリゾナのプロジェクトに関する質問に答えながら、ライダーのことを心のすみに追いやった。

とにかく、彼女はここへ働きに来ているのであって、夢を見に来ているわけではない。

5

アイビーが旅行好きでよかった。というのも、すぐ翌週にフロリダのジャクソンビルへ行かなければならなかったからだ。ライダーはアイビーと、セントジョーンズ川のほとりにある贅沢《ぜいたく》なホテルにチェックインした。今回はスイートで、ライダーがレンタカーで乗りつけると、ボーイがすぐにやってきて荷物を部屋まで運んでくれた。アイビーはこんなに丁重な扱いには慣れていなかったが、ライダーは当然だと思っているらしい。ふたりの生活の違いは、こんなところにも現れていた。

ふたりはホテルに近い、大きな木をくり抜いて作ったようなすばらしいレストランで食事をした。店の自慢のシーフードは最高で、サービスも申し分ない。ライダーはさっきから黙りがちだったが、食事が終わると、ますます物思いにふけり、川沿いの道をホテルまで歩いた。ふたりともカジュアルな服装で、ライダーは黒いスラックスに薄い黄色のプルオーバー。アイビーはかすかに灰色がかったホワイトデニムのあっさりしたドレスにバーガンディー色の柄物のスカーフをしている。ライダーはこのあたりに詳しいようだ。何人の女性とここへ来たのかしら、とアイビーは思った。だが、そんな個人的なことをきくわけにはいかない。

　向こうから小さな子供を三人連れた夫婦がやってきた。見ていると、そのなかの男の子がひとり、突然川に走っていく。母親が叫んだが、太りすぎの父親より、ライダーのほうがすばやかった。彼は男の子をつかまえ、大きな手で無事抱き上げると、うろたえている両親のもとへ笑いながら近づいた。

「すばしっこいお子さんですね」ライダーはアイビーと同年代の夫婦に言った。

「はい、もう本当にこの子には手を焼いてるんです」母親は心底ほっとして笑った。「どうもありがとうございました！　わたしたちではとても間に合わなかったわ」

「もう少しやせないとだめですね」父親が礼のあとで言い、もぞもぞしている子供をライダーから受け取った。ブロンドでブルーの目をした男の子は、いかにもいたずらっ子らしい笑顔だった。

「おさかな」男の子が父親の腕のなかでもがく。「ママが、川におさかながいるって。ぼく見たい」

「もう少しでおさかなと顔を合わせるところだったね、坊や」ライダーが優しく男の子にほほえむ。「当分は水族館にしておいたほうがいいよ」

「そうさせます」父親は答えると、仲間入りしたアイビーに挨拶《あいさつ》をして彼女のほっそりした姿に感嘆の目を向けた。彼はライダーが急に顔をこわばらせたのに気づき、脅すような目で見ているライダーにあわてて注意を戻した。「奥さんと休暇ですか？」

「仕事をかねた休暇でしてね」アイビーが否定する前に答え、彼女の細い肩に手をかけて引き寄せる。「そろそろ戻ろうか。おやすみなさい」

「おやすみなさい」夫婦が返す。

ライダーは夫婦と子供たちが去るのを見守った。街灯の下で、アイビーは彼の日に焼けて引きしまった顔に怒りの色が浮かんでいるのに気づいた。

「どうしたの？　怒っているみたい」

「あの男が視姦《しかん》するような目できみを見ているのに気がつかなかったのか？」あざけりとかすかな残忍さのある口調だった。彼女の体に目をはわせているが、街灯のわずかな明かりではその表情は見えない。

「ライダー、あの人には三人も子供が……」

「だが、男だろう？」ライダーはゆっくりと息を吸った。だんだん自制心がなくなってくる。こんな嫉妬《しっと》を見せてはならない。彼女は怖がって逃げてしまうかもしれない。「それにしても、かわいい子だった」彼は話題を変えた。「おもしろい子だよ」

「子供が好きなのね」アイビーは彼を見上げてほほえんだ。彼女は肩にまわされた手をはずそうとはせず、ライダーも引っこめなかった。温かな重みをうれしく感じながら、彼に歩調を合わせる。広い歩道を行くうちに、にぎやかな通りに出た。

「ああ、好きだ」ライダーはちらっとアイビーを見た。「きみはぼくのことをよく知らないだろう？」

「そうね、わかっているのは、あなたが食いしん坊で、お金をたくさん稼いで、いつも忙しくて、寛大な心の持ち主だってこと」アイビーはぎごちなくほほえんだ。「でも、あまり知らないと思うわ」あなたを愛してはいるけど、と心のなかで付け加える。

ライダーが立ちどまり、彼女を自分のほうに向けた。大きな手が肩に優しい。ふたりのまわりでジャクソンビルの夜の明かりが色とりどりに輝き、通りの騒音は急に遠のいた。

「逃げるのはやめるんだ、アイビー」ライダーがふいに言った。

薄暗くてライダーの目は見えないが、声が妙に聞こえて、アイビーは彼の目が見えたら、と思った。「わたし……なんのことか、わからないわ」

「わかっているさ」ライダーは深く息を吸い、重苦しく吐いた。「ぼくは昔、たしかにきみを傷つけた。しかし、いまのきみなら、その気になった欲求不満の男が理性をなくす気持ちは、多少わかるはずだ」

温かく力強い手が肩に食いこむのを感じ、アイビーはめまいがした。暗がりのなかで彼を見上げる。もっと近づきたい。彼にかき立てられるこの激しい思いを抱きしめて静めてほしい。アイビーは、ベンにはこれほどどぎまぎさせられたり、官能をくすぐられたことてやる！」

「また、ベンか？」ライダーの手に力がこもる。「くそ、あいつをきみの頭から追い出し

「それはずっと昔のことよ」彼女は言葉を選んで言った。「ライダー、いまは……まだ」

はなかった。

彼は身をかがめ、唇を重ねた。アイビーを抱き寄せた彼は、柔らかな温かい体を腕に感じうめき声をもらすと、貪《むさぼ》るようにキスをした。彼女の鼓動が通りの騒音もかき消した。アイビーは体じゅうが熱くなり、この感覚に身をまかせてしまいたいと思った。しかし、ライダーは彼女に反応する間も与えてくれない。容赦なく抱きすくめられ激しいキスを受けながら、アイビーは暴力的な彼の情熱が怖くなった。震えながら彼の肩を押しやる。暴力的……ベンのように……。

ほかの男の名前を耳にして、ライダーはすぐに身を引き、ぐっとアイビーを押しやった。顔がこわばっている。「ベンがなんだ！」

ライダーは背を向け、両手をポケットに突っこんだ。息がつまりそうだった。こっちは燃えていたのに、彼女の心のなかにはベンの名前、ベンの思い出しかないなんて。なにかを殴りつけたい思いだった。

アイビーはやっと自分がなにをしたのかわかった。死んだ夫の名前など言うつもりはなかったけれど、ライダーが暴力的だったせいで、悪夢のような記憶が戻ってしまったのだ。

アイビーはライダーのほうに近寄ったが、彼が顔を合わせようとしないので、背中にそっと手を伸ばした。軽く触れただけで彼は身を硬くした。

「あなたがどう思っているかわかるわ」アイビーは優しく話しかけた。「でも違うの。あれは……」

そのとき、大きな貨物トラックが轟音《ごうおん》をたてて通りすぎ、あとの言葉を消してしまった。しかもライダーは感情を見せずに彼女の肘を取り、ホテルに向かい始めている。

「ライダー」ロビーでアイビーはまた言いかけた。

彼は部屋の鍵《かぎ》を手渡した。「先に行っててくれ。ぼくは寄るところがある」

アイビーには口を開く間もなかった。ライダーは誤解したまま、ラウンジのほうへ消えてしまった。しかたなく、アイビーは部屋へ向かった。

たぶん、ふたりは離れ離れになる運命なのだ。アイビーは眠れないまま、ベッドのなかで考えた。ライダーの誘いに身をまかせ、愛し合いたくてたまらない。でも、なぜ彼はあんなに怒っていたのだろう。ライダーは、手荒にすればわたしがベンを思い出すとは知るはずもなく、わたしもそれを言えなかった。ふたりのあいだに秘密があるかぎり、愛し合える望みはまったくない。

その夜、昔の悪夢がよみがえった。ベンが目の前に立ちはだかり、彼女の体を揺すりながら、ライダーと浮気をしたと言って責める。酔ったベンは笑いながら彼女を裸にし、マットレスに押し倒す。ウイスキーの匂《にお》いがして、アイビーは悲鳴をあげた。

「アイビー、起きるんだ！」

目が覚めきらないまま、本当に体を揺すられていると知って、アイビーはぞっとした。ぱっと起き上がったが、涙のたまった目は大きく開き、白いコットンのナイティの下は汗をかいている。

「大丈夫かい？」

いいえ、ちっとも大丈夫ではないわ。アイビーはそう訴えたかった。ライダーは寝ていたらしく、ネイビーブルーのシルクのパジャマを着ている。上半身が裸で、彼女は黒い毛に覆われた胸に目が吸い寄せられた。

「きみは泣き叫んでいたよ」ライダーは両手を引きしまった腰に当て、アイビーを上から見下ろした。視線がつい、薄いナイティに透ける胸のつぼみにいってしまう。

ライダーの黒い胸毛は腰に低めにはいたパジャマのズボンまでV字形を描き、なまめかしい。大きくてセクシーで危険な感じがして、見ているうちに彼女は口のなかがからからに乾いてきた。ライダーの裸はアイビーに信じられない刺激を与えた。ベンの場合は決して好きになれなかったのに、ライダーは見るだけで体じゅうがうずいてしまうのだ。アイビーはかすかに顔をしかめた。彼は気づいたかしら？　内心不安にかられながら、アイビーはうっとりと眠たげな目を上げ、彼を見た。「怖い夢を見たの」

ライダーがうなずく。「ベンの夢だね」

「ええ」

「あれだけひどいことをされて、それでも彼のことを思っているというのは、まったく驚きだよ」

アイビーはライダーの裸の胸に目を落とし、その完璧《かんぺき》さに思わず見とれた。「彼はわたしの夫だったのよ。裏切れないわ」

ライダーはその言葉に息がとまりそうになった。「亡くなったあとも？」かみつくように言う。

アイビーは目を閉じた。自分の強迫観念がベンへ、結婚生活へ与えた影響をどう説明すればいいのだろう？　とうてい言葉では言い表せない。

「起きろよ」ライダーは乱れた髪にいらいらと手をやりながら突然言った。「一杯飲もう」

彼が部屋にブランデーとグラスを持ってこさせていたのは知っている。しかし、アイビーは強いお酒はいやだった。あとでひどく苦しめられるからだ。

「わたしが飲まないのは知っているでしょう」

ライダーが彼女をにらむ。「必要な場合もあるさ。きみは眠らせてくれるものが欲しいはずだ。さあ」

アイビーはしぶしぶ起き上がり、ローブがなくてためらったが、ベッドの横に不安げに立った。白の薄いナイティが胸をそっとなぞり、くるぶしにかぶさる。長い髪がむき出しの肩にふわりとかかって、彼女はまるで地上に降りた天使のようだった。

「なるべく見ないようにするよ」ライダーは穏やかに言うと、背を向け、ソファやコーヒーテーブルのある贅沢な居間へ彼女を導いた。

ふたつのグラスにブランデーをつぎ、ひとつをアイビーに手渡して彼女と並んでソファに座る。彼女は脚をナイティのなかで折り曲げ、ソファの端で丸くなった。

「まだぼくが怖いのか?」ライダーが反対側で体を伸ばす。「ぼくもほかの男と同じさ、それほど危険じゃない。露骨に誘われないかぎりね。わかったかい?」

アイビーはブランデーグラスの琥珀《こはく》色の液体を見つめていた。高級品なのだろうが、よくわからない。ベンは普通のバーボンで満足していたから。

「男の人はみんな怖いわ」アイビーは恐ろしい夢で気弱になり、本当のことを隠すのに疲れてしまった。「三年間、脅かされ暴力をふるわれて暮らせば、どんな気持ちになるか、わかると思うわ」

「きみが一度殴られたのは知っているよ。あのあざはだれでも気がつく。だからぼくはきみから離れたんだ。ジーンはきみが彼を熱烈に愛していると言った。まったく、女性は好きな男のことになると、いくらでも自分をごまかしてしまうんだな」

どうしたらいいのかしら。彼はベンに対するわたしの気持ちをすっかり誤解している。

事実を告白しないかぎり、わかってはもらえないだろう。口にするのもいやなことを……。アイビーはブランデーをすすりながらためらっていた。長い沈黙が続く。ライダーがタバコに火をつけて吸い、長い脚をコーヒーテーブルにのせた。疲れて見えるが、実際そうなのだろう。普通の男の二倍生きているのだから。

アイビーはため息をついた。ブランデーの味は悪くなかったものの、アルコールには慣れていない。すぐに頭が揺れだし、くつろいだ気分になってきた。

「あなたが離れなければ、どうなっていたかしら？」アイビーはライダーと目を合わせた。

ライダーの顔が緊張する。彼はブランデーを飲み干し、タバコを消した。「もう眠れそうだったら、そろそろお開きにしよう」彼は立ち上がった。

アイビーも立ったが、アルコールのせいで足もとが少しふらついた。靴をはかないと、ライダーはいつもよりもっと大きく見える。アイビーは彼の前に立ち、その男らしさにうっとり見とれた。

「ベンは裸になると白かったの」

ライダーの顔がこわばった。「ぼくは年じゅう外にいるからね」

「彼もそうだったわ」

「ベンは色白だった。ぼくは違う。すぐに日に焼ける。アイビー……」

アイビーはためらいがちに彼の胸に触れた。その指は冷たかったが、焼き印のように彼の肌を焼いた。ライダーは体がうずくのを感じて彼女の手を払おうとしたが、できなかった。アイビーのさわやかな花のような香りが鼻をくすぐる。

「だめだ」ライダーは静かに制した。「きみはずいぶん酔っている」

アイビーはゆっくり息を吸った。「昔と同じね。突き放すのはあなたなのに、わたしが逃げると言って責めるんだわ」彼に拒まれて彼女は強い痛みを感じ、涙に息がつまった。

彼の胸にてのひらを当て、心臓の鼓動と温かい筋肉を感じる。「なぜなの？」

「時間も場所もふさわしくないからだ」彼は怒ったように言った。アイビーの手をつかみ、激しく脈打つ自分の胸に押しあてる。「感じてみろ」ライダーは目が合うようにもう一方の手で長い髪をつかみ、彼女の頭をそらさせた。「自分がなにをしたか、感じてみろ。これほどぼくを惑わした女は初めてだ」

「それだけなの？」アイビーは悲しげにきいた。「ただの……欲望だけ？」

ライダーの目は燃え、急に抑制がきかなくなってきた。手遅れにならないうちに、彼女を追い出さなければ。「ぼくがどれだけ責任を気にする男か、きみも知っているだろう？」

「あなたは欲しくないのよ。欲しくなったことなんかないんだわ」アイビーは目を伏せ、彼の体から手を離した。「ごめんなさい。少し酔ってるみたい」

「相当だよ。それにもう寝たほうがいい」

「あなたほど冷静じゃないから？」

アイビーを見下ろす目が暗くなった。「まったくね。しかし、いまのきみにつけ入る気はない」

「脚が変だわ」アイビーは息苦しそうに笑った。

「当然だろうな」

アイビーは深く息を吸いこんだ。と、目がまわって世界が消えてしまった気がした。

ライダーは彼女が倒れる前に抱きとめ、寝室に運んだ。腕に柔らかな重みを感じながらも必死に自分を抑え、アイビーをベッドに横たえて上掛けをかけてやった。彼女は天使のようだった。黒髪が優しく顔を包み、まぶたを閉じた長いまつげがなめらかな頬にかかっている。なんて美しいんだ。ぼくはだれよりも深く彼女を愛している。しかし、彼女はいまだに死んだ夫に夢中だ。幽霊にかなうわけはない。悪態をついて彼は部屋を出た。

翌朝、ライダーは何年ぶりかで寝過ごした。アイビーを求めるうずきが消えず、遅くまで眠れなかったのだ。居間へ行ってみると、アイビーはもう朝食を頼んでいたが、届いたばかりらしく、コーヒーに湯気が立っている。

「あら、いま呼ぼうと思っていたのよ」アイビーがぎごちなく言った。呼ばずにすめばいいと思っていたのだが。ゆうべのことが恥ずかしくて、アイビーは無意識に、灰色がかった白のブラウスから黒いスラックスを神経質になでつけた。

「食べてから、セントオーガスティン見物に行こう」

「サンマルコス砦《とりで》へ?」アイビーが目を輝かせた。

「ああ。それに、お望みなら博物館も」

アイビーはライダーにコーヒーをつぎ、彼が着ているブルーのチェックのオープンシャツを見ながら、テーブルの反対側へカップを押しやった。シャツの色は薄い色の瞳によく映え、開いた襟もとからはセクシーな胸がのぞいている。そこに触れたことを思い出し、アイビーはまたぎごちなくなった。いつか、彼を意識しないでいられる日が来るのだろうか?

アイビーはゆっくりコーヒーをすすった。「ゆうべのこと、後悔しているわ」

「そうだろうな」ライダーの声は低く、そっけない。「頭痛がする?」

「少し。アスピリンを飲んだわ」

「海の空気を吸えばよくなるさ。なにか食べるといい」

アイビーはトーストに手をつけた。「後悔していると言ったのは酔ったことじゃないの」

「ほかのことを謝るつもりなら、忘れることだね」ライダーは彼女を見ずに言った。「コーヒーを飲んでしまえよ。出かけよう」

あまりいい出だしではないが、アイビーはくよくよしないことにした。

ライダーはアメリカで最も古い町、セントオーガスティンへ向けて海沿いの長いUS1号線をドライブした。アイビーは壮大な古い砦に息をのんだ。砦は大西洋から約八キロ引っこんだマタンサス湾に面し、石でできた灰色の建物は年をへて表面がなめらかになっている。砦を囲む堀には木の橋がひとつかかっていて、観光客はそこから入る。

砦の占有者はスペイン人からフランス人、イギリス人、そしてアメリカ人へと移ってきた。一六七二年にさかのぼる長い栄光の歴史があるアメリカ最古の砦だ。アイビーは前もって観光用パンフレットを読み、この古い町のことを少し勉強しておいた。一五一三年にポンセ・デ・レオンがここに上陸し、スペイン領を主張するが、一五六四年にフランス人が居留地を作って自国のものだと宣言する。翌年、スペイン人はその居留地を壊し、セントオーガスティンの町を作った。

要塞《ようさい》都市の基礎である現在のサンマルコス砦は一六九五年に完成されたが、建設に取りかかったのは二三年前の一六七二年。防御用の土塁は徐々に作られた。一八二五年にマリオン砦と名前が改められ、一九四二年までそのままになっている。この砦は絶え間ない攻撃によく耐えてきた。一七〇二年にはカロライナの軍に包囲され、五〇日間続いた戦いで町はことごとく破壊されたが、砦だけは残った。

さらに、一八〇〇年末にはジェロニモ率いる誇り高いチリカウア・アパッチ族が無残な敗北をしたあと、ここに避難している。ふたりで古い建物を見て歩きながら、アイビーは隠れ住むアパッチ族の閉じこめられた暗い気持ちを思いやった。四方を塀が囲み、小さな中庭の緑以外見えるのは空だけ。彼女は目を閉じ、鎧《よろい》かぶとに身を固め、重い足取りで動きまわるスペイン人や、砦を死守しようとしたアメリカ人を思い描いてみた。幽霊が現実にいるとすれば、この砦にも必ずいるはずだ。こんなにも歴史を強く感じさせるのだから。

アイビーは、あたりの雰囲気とひんやりする霧のせいで身震いした。ライダーが自分のナイロン製のジャケットを脱いで彼女の肩に優しくかけ、襟もとを押さえた。「冷えてきたな。こんなに寒くなるとは思わなかった」

「わたしは大丈夫。上着なしではあなたのほうが寒いわ」アイビーが黒く澄んだ目で彼を見た。

「やめてくれ。人なかにいるときに、そんな目で見ないでくれ」ライダーはまだ両手で襟をつかんでいる。ふたりの後ろにはガイドに従うお年寄りの観光団体がいた。

アイビーは自分が彼に与えた効果にどきどきした。甘く酔わせるその力を試してみたくなり、自分の胸が彼の手の甲に触れるように体を動かしてみる。彼がジャケットの襟を緩めると思ったのだ。

しかし、彼女の予想ははずれた。ライダーの薄い色の目が彼女の黒い目をとらえた。風が吹き、霧はあたりをかすませ、ガイドの低い声が絶え間なく聞こえている。ライダーがジャケットのなかに手を滑りこませたかと思うと、固くなった胸のつぼみをゆっくりと愛《あい》撫《ぶ》した。アイビーは膝の力が抜けるのを感じた。ライダーが彼女の目をゆっくりと探るようにのぞきこむ。

「こんなこと……いけないわ」アイビーが途切れ途切れに言う。「わたしも許してはいけないのに」

「じゃあ、やめさせたらどうだ」静かに挑戦的な言葉を吐くと、ライダーはちらっと彼女の後ろを見た。団体客は同じ階にいるが、ふたりからは離れている。

アイビーの耳に自分の心臓の鼓動が聞こえる。反動で少し震え、頭を彼の広い胸に預けた。

「ライダー」彼女はせつなげにささやいた。

彼はアイビーが抵抗をやめたことに驚いた。気弱になっている彼女につけこむことはできない。これまでライダーは距離を保っていようと努めてきた。特に彼女がまだベンの死を嘆いているあいだは。しかし、これではとても無理だ。彼女の感触はまるで麻薬だった。とうてい抑えられるものではない。

「じっとして」ライダーはささやいた。「声を出せば、人が集まってくる」

その言葉の意味は、彼の手がゆっくりとアイビーのブラウスのボタンをはずしだして初めてわかった。抵抗しなければと思いながらも、その甘美さに負けてしまう。彼の細い指先が肌にじかに触れ、アイビーは息をとめた。

ライダーが顔を上げ、のんびり出発し始めたお年寄りたちにちらっと目をやり、彼女を見下ろす。こんなこと、するべきじゃなかった。もうすでに血が騒ぎだしているが、こんなことをしてもなんの役にも立たない。しかし、彼は長いあいだ彼女への欲望を抑えてきたのだ。目の前には柔らかなピンク色の肌がある。ついに、彼はブラウスを広げて彼女の胸をあらわにした。

「ライダー」アイビーが震え声でささやいた。

「すばらしい」ライダーは荒々しく息を継ぐ。「眠れない夜、こういうきみを夢見るんだ。ぼくの唇が胸の先に触れて……」

その光景を思い描いて、アイビーは声をあげそうになり、身を震わせた。

「そうしたいんだろう?」彼がハスキーにささやく。「ぼくもだ。しかし、そんなことをすれば、ぼくは完全に正気をなくしてしまう。たぶん、きみもね。だが、見世物になるのはごめんだ」アイビーが唇を開き、息を吐き出す。ライダーの目はあらわな胸を離れず、輝き始めた。「あと一歩できみを味わうことができるんだ、アイビー」ライダーは、震えながら激しく体を寄せてくるアイビーを抱き、自分の広い胸に押しつけた。「ああ、なんだってこんなときにお互いに欲しくなるんだ」ライダーの両手はアイビーの肩胛骨《けんこうこつ》をすっぽり覆っていた。団体の観光客はゆっくりと階段を下りかけている。体のうずきに苦しむライダーにとってはありがたかった。

ライダーは両手をゆっくりブラウスの下に入れ、胸を愛撫し始めた。彼の唇がこめかみや額にそっと触れるあいだ、アイビーはおとなしく抱かれたまま、探り続ける手の優しい感触を楽しんだ。

ライダーはアイビーの震えを感じたが、彼女は抵抗しているのではなく、すがっているのだ。それはゆうべ飲んだブランデーのような効き目があった。「ぼくを見てごらん。きみの目を見ていたいんだ」

アイビーが顔を上げ、うるんだ目が彼の目と合う。ライダーの手が大胆になり、彼女は息をのんだ。

「だれかに見られるわ」声が震えている。

「いや。みんな帰るところだ」

ライダーの言うとおり、お年寄りの団体はガイドのあとについて階段を下り、マタンサス湾を見下ろす胸壁にはライダーとアイビーだけが残った。

「やっとふたりだけになれた」ライダーがささやいて身をかがめた。

アイビーは唇に彼の唇が軽く触れるのを感じた。昨夜の暴力的なキスとは打って変わって、優しいそそるようなキスだった。ライダーの唇が彼女の唇をじらす。アイビーは愛する男のそばに、できるだけ長くいられることしか望んでいなかった。

アイビーは彼の腋《わき》に腕を滑りこませ、身を寄せた。ライダーが両手を急に彼女のヒップに当て、自分の腰に引き寄せる。彼女の口からうめき声がもれた。

彼女が抵抗しないのが、ライダーには不思議だった。両手に力を入れ、ゆっくりと彼女のヒップを動かしながら、相手の目を見る。「感じるかい？」

「ええ」アイビーは彼の目を探り、その厳しい顔にかすかにからかうような官能的な笑みを見つけ、少し赤くなった。

「あのスイートにふたりきりじゃなくて、きみは運がよかったよ。これはきみが誘いかけてきたことだ。そのセクシーな目をぼくに向けるたびにね」

アイビーが聞きたかったのはそんなことではなかった。彼をじらしていたと言わんばかりの言葉に、顔が青ざめる。この人は本当にわたしをそんな女だと思っているの？「あなたから始めたのよ」彼女はとまどって言った。

「きみがしかけたのさ」ライダーは後ろに下がり、露骨な目で彼女の胸を見た。「ブラジャーもしていない。ぼくのためかい？　すぐにさわれるように」

アイビーは赤くなり、震える手でブラウスのボタンをとめた。彼は手に負えない状況になると、いつもわたしを責める。なぜこんなことになったか、あなたにはわからないの？

ライダーは彼女から離れると、タバコに火をつけ、マタンサス湾を見つめた。なぜ彼女はぼくにあんな真似《まね》をさせておくのだろう？　そのとき急に、いやな疑いが頭をもたげた。

「きみはセックスに飢えているのか？」ライダーはアイビーに厳しくとがめる目を向け、突然きいた。

6

男の人ってなんて鈍いのかしら。アイビーはあきれてすぐにはその質問に答えなかった。屈辱に満ちた恐ろしい体験にすぎないセックスなど、望むわけがないのに。

アイビーは彼の目を探るように見つめ、震える手で肩のジャケットを引き寄せた。甘いひとときのあとに、なぜ、あんなことを言うのだろう？　ライダーはわたしに触れるといつも怒りだす。

「チャンスを逃しているらしいわ」しばらくしてアイビーは言った。壁の端へ行って寄りかかり、土の胸壁越しに塀の向こうを見つめる。

タバコを手にしてライダーが横に来たが、彼女を見ようとしない。帽子をかぶっていない彼の髪は湿気を帯びて、いつもより黒く見える。「きみは……ぼくを悩ませる」

「わかっているわ」アイビーは湿った空気のかび臭い臭《にお》いを感じ、雨風にさらされた石を指先でなでた。「なぜ、わたしに触れるとあなたはいつも怒るの？」

ライダーはタバコの煙を吐いて遠くの地平線へ目を透かしてみた。「きみが欲しいのさ」

アイビーの指先に力がこもる。「それでは説明になっていないわ」

「ずっと昔のことだが、きみは覚えてるはずだ。あの晩、一八のきみにぼくは自制心をなくしかけた」

「覚えているわ」アイビーは目を閉じた。「あなたはいつもわたしを押しのけるのね」

ライダーはゆっくりと大胆な目つきを彼女の体にはわせ、緊張した顔で言った。「しかたないさ。少しでもキスが長引けば愛し合うことになる。それとも、きみは知らない振りをするつもりか？」

アイビーは否定できなかった。石の模様をなぞり、息を整えようとする。

「きみのためなんだ。お互いにわかっているのさ。きみはまだ男と肉体関係を持つ用意ができていない。ベンを裏切ることを恐れているうちはだめだ」

アイビーはライダーがずっとそんなふうに思っていてくれたことに胸が熱くなったが、彼にはそれ以上のことを望んでいた。自分の結婚の本当の姿を打ち明けられるのはいましかない。ライダーがわたしの気持ちを理解してくれたら、ふたりはやり直せる。

アイビーは黒いロングヘアを後ろへ払い、口ごもった。「ベンを裏切るのが怖いわけではないの」

「それじゃ、なにが？」

「彼はわたしを傷つけたわ、肉体的にも」不安げに言い、アイビーは彼ののどへ目を落とした。

彼はすでに察していたが、彼女から打ち明けられるのはこれが初めてだった。少なくともふたりの出発にはなる。しかし、ライダーのほうにも彼女の知らない秘密があった。ベンの生活と死にかかわる秘密が。いままで考えないようにしていた罪悪感が頭をもたげ、アイビーに触れるたびによみがえって彼をひどく苦しませた。そして彼女への絶望的な愛が生んだ欲望はあまりに強く、振り払うことができなかった。彼女と愛し合い、ひとつになりたい。そうなるのが生涯で最もすばらしいことなのはわかっている。だが、それはアイビーも彼を愛している場合だけだ。彼女の愛がないかぎり、ふたりは愛し合うことはできない。ライダーはそれで、いつも先へ進めなかったのだ。

いま、アイビーは結婚生活が完璧《かんぺき》ではなかったと認めた。しかし、ひどい仕打ちを受けながらも、ベンへの愛が、その結婚を支えていたのだろう。ベンがそれほど彼女に冷酷だったと思うと、ライダーの心は傷ついた。アイビーは優しく、とても魅力的な女性だった。しかし彼女が一八のとき、ぼくに見る目がなかったせいで、彼女を苦しめることになったのかもしれない。彼女はベンではなく、ぼくを愛していたのかもしれないのに、ぼくは結婚するには若すぎるからと引きさがってしまった。それを思うと、とても耐えられない。

「結婚するとき、彼が酒を飲むとは知らなかったんだろうな」ライダーは注意深く言葉を選んだ。

「同情したの。彼は親切で優しかったし、一生お酒は飲まないって誓ったわ。立ち直らせてあげられると思ったのよ」アイビーは苦い思いで笑った。「なにもわかっていなかったのね。よくなると思ったのに、悪くなる一方だったわ」

「残念だったね」ライダーの声は後悔で重かった。

「ええ。いったんかかわってしまうと、彼を見捨てられなかったわ。でもわたしはだんだん冷たくなったみたい。いまもいろいろな面でそうだわ」アイビーは息を継いだ。「あなたとベッドをともにすることはできないわ、ライダー。欲望だけではいやなの」彼にほんの少しでも愛があれば、どんなにすばらしいかしら。でもそれは考えないようにしよう。

ライダーをちらっと見たが、彼の顔にはなんの表情も浮かんでいなかった。

ライダーが片方の眉を上げた。「信じてもらえないかもしれないが、ぼくにとってもそれではじゅうぶんじゃないよ。だから距離を保とうとしているんだ」意味深長な言葉だ。「まあ」アイビーは自分がなぜ驚いたのかわからなかった。結局、彼は愛しているとは言わなかったけれど、少なくとも正直な人だ。肉体的な欲望だけでは誘惑しないというのだから。彼女はほっとした。

彼女の表情を見て、ライダーはしかたなくほほえんだ。「きみはぼくが何人の女性と寝たか、ベッドの支柱に刻み目を入れていると思ったんだろう?」

いつものライダーらしくなった。彼女も笑い返した。「違うの?」

ライダーが首を振る。「最初に言ったろう。久しぶりだって。嘘《うそ》じゃない。異性への興味がつのっているんだ」彼はアイビーの体をゆっくりと賞賛の目で見た。「きみのことは関係なくね。でも、ああ、なにも着ていないときのきみを見るのはいいね」

アイビーは赤くなって顔をそむけた。「わたし、どうしてあんなことをしたのかわからない！」

「別にたいしたことじゃないさ」ライダーはタバコを吸い終わり、ブーツでもみ消した。「結局みんな孤独に負ける。気にすることはない。きみも人間なんだ。それだけのことさ。ぼくと同じだよ」彼が兄のようにアイビーの肩に腕をまわす。「昔のようにやろうじゃないか、いいだろう？　悩みも問題もなし。長い付き合いなんだ。こわすのはよそう」

「そんなことになったら耐えられないわ」アイビーは寄り添う楽しさを感じながら正直に言った。満ち足りた思いにため息が出る。「下に武器や鎧《よろい》かぶとの展示がしてあるって、さっきのガイドさんが言ってたわ。行ってみない？」

彼女の熱心さに負け、ライダーは穏やかに笑った。「いいだろう。そのあとで、おいしいシーフードをごちそうするよ」

「うれしい！」ライダーと階段を下りながらアイビーは心が晴れてきた。彼はすっかり機嫌がよくなったようだし、言葉に険がないので安心していられる。

足もとに注意していなかったアイビーは階段を一段踏みはずした。はるかな下は石の床で、落ちていたら大けがをしていただろう。しかし、ライダーがとっさに彼女をつかまえ、腕のなかに抱きしめた。

「気をつけるんだ!」彼が怒鳴った。

初めは怒りしかわからなかったが、すぐに彼の手が震えていることに気づいた。バランスを取り戻して顔を上げると、ライダーの顔が青ざめている。

「ありがとう」アイビーは静かに言った。

ライダーは急に彼女を放した。「どうってことないさ。だけどこれからはよく注意してくれよ、いいかい? 階下《した》までは遠いからね」

「そうするわ」アイビーは肘に彼の手を感じ、ひとりほほえんだ。ライダーは心配してくれているのだ。そう思うと、体じゅうが温かくなった。

おかげでアイビーは終日心が浮き立っていた。ふたりで近くの博物館を見学し、レストランでフィッシュ・アンド・チップスを食べ、それから年中無休のクリスマス用品専門店へ行く。アイビーがたくさんのクマのぬいぐるみを見つけ、ライダーは衝動的に彼女にひとつ買ってやった。蜂蜜《はちみつ》色の生きているような顔をした鼻の長いクマだ。アイビーは車に着くまでずっと、その柔らかなビロードのぬいぐるみを抱きしめていた。

「ありがとう」大きなぬいぐるみを抱き、アイビーは笑いながらライダーを見上げた。

「こういうのが欲しかったのよ。うちが貧乏で、小さいときにあまりおもちゃを買ってもらえなかったから」

「甘やかしてはもらえなかったんだね」ライダーはぬいぐるみを抱えた彼女を見ていると、守ってやりたくなった。ジョージア州に引っ越してきたとき、マッケンジー家がいかに貧しかったか覚えている。しかし、物質的には恵まれていなくても、母と娘はいつも明るく陽気で、彼にとってそれはすばらしいことだった。

「甘やかされているような気がしてきたわ。ありがとう、ライダー。大事にするわ」

「どういたしまして」ライダーはアイビーの喜ぶ顔を見るだけで満足だった。彼女がそんなにぬいぐるみを気に入ったなんて、愉快だった。

ライダーが仕事相手と夕食の約束があったので、アイビーはサラダを注文し、遅くまでテレビ映画を見てから、ようやくベッドに入った。大事なぬいぐるみを横に置き、きょうは恐ろしい夢を見ませんようにと祈りながら横になる。きょうライダーにベンとの結婚生活の真相を打ち合けそこなったことが思い出された。ライダーが話題を変えてしまったからだが、それでよかったのかもしれない。彼に同情されるのだけはいやだから。

アイビーは砦《とりで》での彼のキスと、自分の熱い反応を思い返した。もしかしたら、まったくの不感症ではないのかもしれない。そう思うと少し希望がわいてくる。目を閉じて、記憶をよみがえらせる。彼女の体を見つめる目、唇に重なる固い唇、優しく動く温かな強い手。ふと、新たな衝撃を感じた。落ち着きなく動くアイビーのナイティは腿までずり上がってきている。体じゅうが燃えるようだった。新しい感覚に酔いながら、ライダーが入ってきてくれないかと半ば期待して、開いたままのドアを見つめた。だが、彼は来なかった。

アイビーは上掛けをかぶり、ぬいぐるみを引き寄せると目を閉じた。そのまま眠りに落ち、恐ろしい夢も見なかった。

ライダーが入ってきたとき、アイビーはぐっすり眠っていた。彼は開けっ放しのドアの前に立ち、ぬいぐるみを抱きしめて寝ているアイビーの姿に顔をほころばせた。だがベッドに近寄り、彼女の寝顔を見ているうちにほほえみは消えた。長い黒髪が顔のまわりで乱れ、長く黒いまつげは、眠りにほてった頬にかかっている。彼は胸を覆う上掛けをはぎ取りたいという衝動を必死で抑えた。距離を保つには、毎日新たな闘いが必要だった。彼は命がけでアイビーを愛していた。いつまで我慢できるか、自分にもわからない。

ライダーは身をかがめ、閉じたまぶたに優しく唇を触れた。アイビーが身動きしてほほえみ、名前をつぶやいた。

胸の鼓動が激しくなり、ライダーはゆっくりと上体を起こした。ドアを閉め、部屋を出ると、めまいがした。アイビーがハスキーにささやいたのは彼の名前だったのだ。

翌朝ふたりは帰途についたが、リバーストリートで、ジーンに南部名産のキャンデー、プラリーヌを買おうとサバンナへ立ち寄った。昔の船が捨てたバラストでできている石畳を歩き、手を振る少女の象のそばを通りすぎる。アイビーはサバンナは初めてで、大きな常緑のカシの木にも、港町にも心を引きつけられた。あたりには人がひしめき、ライダーは静かなところへ行きたかった。アイビーと話したい、それも運転しながらではなく。ふたりきりで。もちろんだ。なぜいままで思いつかなかったのだろう？

「浜辺へ行ってみないか？」急に彼が言った。

「冬なのよ！」

「そうさ。だが、砂の上に座って海を見るにはじゅうぶん暖かいよ」

アイビーは笑った。「いいわ。すてき！」

「じゃあ、行こう」ライダーはアイビーの手をつかみ車へ戻った。バックシートに堂々としたクマのぬいぐるみを座らせ、サバンナ海岸へ向かう。いまはシーズンオフでさびれてはいるが、なぎさを歩き、打ち寄せる波を見ることはできる。

ライダーはアイビーと砂山の近くに並んで座り、貝殻のかけらをもてあそんだ。きょうはふたりともジーンズで、ライダーはグリーンのベロアのプルオーバー、アイビーは白のブラウスにグレーのセーターを着ている。ふたりの選ぶ色が合わなかったことは一度もなく、アイビーは内心驚いていた。

「ベンのことを話してくれないか、アイビー」ふいにライダーが言った。

アイビーはためらった。まだ話すのはつらい。でも彼に聞いてもらいたいし、いまがいい機会かもしれない。「わたしは彼を失望させたの。飲まないときの彼はいい人だったけど、そのうちいつも飲むようになって」

「きみを殴ったころだな」ライダーが低く言った。

アイビーはうなずいた。「彼はいつもあとで後悔していたわ。それにわたし、彼の望みどおりにできなかった。努力はしたけど」彼女は苦しげにライダーを見た。「わたし……不感症なんだと思うの」

ライダーはポケットからタバコを出し、火をつけた。「そうかい?」厳しい顔が一瞬やわらぎ、優しくほほえむ。「セントオーガスティンで、あんなことがあったのに?」

アイビーはすぐにその意味がわかり、息がとまった。「ええ……おかしいわね」

「おかしい?」ライダーが優しく先を促す。

「ベンとのときは一度もあんなふうに感じなかったの」

タバコを持った手をとめ、ライダーは彼女を見つめた。「一度も?」

「一度もよ。彼はもちろん気づいていたわ。最初、演技をしようとしたの、でも……」

「それなのに、なんだって彼と結婚したんだ?」

「そんなに重要なことだと思わなかったのよ。彼は優しくて親切だったし、キスされてもいやじゃなかったから。ただ、なにも感じなかっただけ。それにベッドでは……ああ」アイビーは両手で顔を覆い、うめいた。「ああ、あんなにいやなことはなかった……たまらなくいやだったの!」

とうとう、話が見えてきた。ライダーはタバコを深々と吸い、言葉を選んだ。「それは」彼はその言葉を強調した。「愛し合うふたりにとってはすばらしいことだよ。だが相性がよくなければだめだ」

「それは思い知らされたわ。ベンとわたしはいい友だちだったから、それでじゅうぶんだと思ったの」

「ベッドでは違う」ライダーは彼女を見つめている。

「ええ、ベッドでは。あなたとのことがあってから、怖かったの。あなただけではなくて」彼の顔がこわばるのを見てアイビーは言った。「自分の気持ちと反応が怖かった。ベンとは、彼が優しすぎるから燃えないんだ、でも結婚すればうまくいく、そう思っていたの。彼のことは怖くなかったから。彼は安全で……」彼女の声は消え入りそうだった。

「しかし、ぼくは違った」

アイビーはちらっと顔を上げ、また目を伏せた。「あなたは違ったわ。あなたにさわられると、わたしは別の人間になって、どうしていいかわからなかった。結婚式の夜、わたしの幻想はすっかりこわれたわ。彼のほうも。わたしが知っていると思ったのね。信じられないでしょう？」

「そのことは聞きたくない」

アイビーは驚いてライダーを見た。彼はこちらを見ようとせず、体をこわばらせている。

気になるんだわ！

「あなたとだったらそんなことないわね、ライダー？」アイビーが優しく言う。「あなたには興奮を感じたわ。だからうまくいったんじゃないかしら」

「ああ」ライダーの声はくだける波の音に震えているようだった。「そうなればきみは苦しまなくてすんだかもしれない。ぼくにすべてをゆだねただろうからね。砦のときのように。ただし、もっと荒々しく、気持ちよくね」

「ベッドで荒々しくするなんて、思いもしなかったわ」アイビーはとまどったように言った。

「残酷に、ということじゃない。意味が違うんだ」

「そうなの？」悲しげな声だった。「結婚するまで、わたしの経験はあなたとのあの夜だけだったから」

その言葉にライダーの体が熱く反応した。彼は立ち上がって背を向け、自分を抑えようとした。「きみに触れなければ、お互いによかったのかもしれない」彼は苦い口調で言った。

アイビーは顔を上げなかった。彼女も同じことを考えていた。もしライダーがキスをしなかったら、わたしはベンの要求に応《こた》えられて、彼はまだ生きていたかもしれない。比べられる相手がいなかったから。いいえ、そんなことありえない。ベンが現れる前から、わたしはライダーを心から愛していた。ライダーはわたしの命だったのだ。そしていまも。

ライダーは考えこんでいる彼女の顔をしばらく見つめ、また海へ注意を向けた。吸っていたタバコをブーツのかかとで消し、新しいタバコに火をつける。片手をポケットに突っこみ、ぼんやりと浜辺を歩いた。風が吹き、髪を乱していく。

アイビーの目は、海を見つめるライダーの力強く長身の体に引きつけられた。彼はハンサムで、女性に魔法をかける肉体的な魅力を持っている。でも、それだけではない。短気なところや、たまにふさぎこむ欠点を帳消しにしてしまう優しく寛大な心もある。そんな彼が欲しい、すべての意味で。そう口にしたら、彼はなんと言うかしら？

アイビーは立って、ライダーのあとを追った。海岸は暖かいが、彼女の体はすっかり冷えていた。

「あなたはいつも去っていくのね」波打ち際で彼に追いつき、アイビーは悲しげに言った。「体はここにあるのに」

ライダーは彼女を見なかった。タバコをふかし、打ち寄せる波を見つめている。「ぼくがどのくらいひとりぼっちでいたか、知っているかい？」

いいえ。イブが結婚して、父親がニューヨークへ行ってからはひとりだということしか。それ以前のことはアイビーは知らなかった。イブはライダーを慕っているが、年が離れているため、保護者のように感じている。ライダーの子供時代の話はイブから聞いたことがないし、彼自身も言いたがらなかった。

「普通の生活だと思っていたわ」

「ぼくは金持ちの息子が行く寄宿学校で育った。父は、たまに帰るぼくを我慢するのがせいぜいだったんだ」

「お母さまはあなたを愛していたわ」

「ああ。だがぼくには父親が必要だった。なのに父はこれっぽっちもぼくのことなど気にかけてくれなかった。本当は子供なんか欲しくなかったのさ。そのうち、ぼくは母にも会えなくなってしまった。一二歳になると、家に帰ることも許されなくなったんだ。八年生で陸軍学校へやられ、そのあとROTC——大学の予備士官訓練所から陸軍へ入隊した。そのころ、母はイブに夢中だった。おかしなことに、父は母が妹をかわいがるのは気にならなかったらしい」

さぞつらかったろう、と彼女は思った。「お父さまはたぶん、娘にはライバル意識がなかったのね」

「ああ、それはあとでわかったよ。ぼくが成功できたのは、たぶん、父のおかげだ。しかし、そんなものより、いっしょにキャッチボールでもしてくれる相手のほうが欲しかった」

「でも、少なくともお父さまがいたわ」アイビーはほほえんだ。「わたしは父の顔も知らないの。母に言わせると、すばらしい人だったそうだけど」

「きみのお母さんもすばらしい人だ」ライダーは振り向き、日差しを受けたアイビーの顔を温かい目で見た。「輝いている。きみは本当にきれいだ」アイビーを見つめながらライダーは低く言った。

「あら、そんなことないわ」

「いや、本当さ。それもうわべだけじゃない」ライダーの手がアイビーの頬を軽く愛撫《あいぶ》する。「きみは優しい心を持った、かわいらしいドレスデン・チャイナの人形だな。なんでもあげたくなるよ」

アイビーは胸がどきどきした。悲しげで官能的に見えるライダーは危険だった。彼女を無謀な気持ちにさせてしまう。

「なんでも？」欲望に胸を高鳴らせ、アイビーはゆっくりとライダーに近づいた。キスをしたい、という思いが彼女の目に、顔に表れている。

「そうだ」ライダーの声はかすれ、呼吸が速まる。「なにが欲しい？」

アイビーが顔を上げる。「あなたの唇」波の音を背に、やっと聞き取れるほどのささやき声だった。

ライダーの目がきらっと光った。「たしかかい？　ぼくの年でキスするというのは重大なことなんだ」

アイビーは彼の胸に触れ、温かな固い筋肉を覆うベロアの柔らかい感触を楽しんだ。

「たしかよ」彼女の目は優しく、ライダーの目は厳しい。

「それじゃ、こっちへおいで」ライダーは優しく言い、腕を広げた。

アイビーはなんのためらいもなく、ぴたりとライダーに身を寄せ顔を上げた。

思いがけないその素直さに、ライダーの体は震えそうになった。アイビーの顔を両手ではさみ、しばらく目をのぞきこんでから優しく唇を重ねた。

静かなキスは刺激的だが、物足りなかった。明らかにライダーはわざとそうしているのだ。アイビーは胃から脚へ熱が走り抜けるのを感じ、足もとがぐらついた。意識して誘うような姿で、ライダーの引きしまった腕にすがりつく。薄く開いた彼女の目は、せつなく激しい喜びにうるんでいる。

ライダーも喜びを感じていた。けだるげなほほえみを浮かべ、じらしながら彼女の唇を味わう。しかし、アイビーが背伸びをすると身を引き、近づきすぎないように気をつけて、巧みに互いの緊張を高めていく。

アイビーは説き伏せるように柔らかい体を彼に押しつけ、力強い男らしさを味わった。やがて彼のゆっくりとした強い反応を感じ、それでもアイビーは離れなかった。しだいに息苦しくなってくる。

ライダーは相手が降伏しているのを感じたが、どうにか自分を抑えた。ゆっくりとだ……彼女を怖がらせないように、ゆっくりと。

彼は両手をアイビーの背中へ滑らし、背骨のいちばん下まで来て、そこを優しく押した。彼女の息が柔らかく口にかかり、胸が高鳴った。

「あなたの脚……震えているわ」

「ああ。きみの脚も負けずに震えさせてあげるよ」ライダーは目覚めた自分の体がアイビーに触れるように、彼女の体をゆっくりと動かした。アイビーは苦しいほどの喜びを覚え、彼に身を寄せた。

「こんな……公共の海岸で」アイビーが震える声で言いかける。

「人気のない公共の海岸さ」ライダーがささやく。「それに、ぼくたちはキスをしているだけだ」

「いいえ、違うわ……キスだけじゃないわ！」

「それでもじゅうぶんじゃないよ。そのまま離れないで。まだ……」

あとの言葉は波の音に消え、ふいにアイビーの唇に彼の唇が押しつけられた。

アイビーには初めて味わう感覚だった。しびれるような感覚にうっとりする。体のなかが熱く燃え、震えてくる。ライダーはアイビーをしっかり抱き上げ、欲望に駆り立てられた唇を押しつけた。アイビーは自分の心臓の音を感じた。その瞬間、この砂浜でライダーに身をゆだねてもいいと思った。

それは彼女の反応からライダーにもはっきりとわかった。彼の体がうずき、熱情がつのる。

「もう立っていられないわ」ほんの一瞬、唇が離れたすきにアイビーは言った。

「もし横になったら、ぼくたちの関係はすっかり変わってしまう」ライダーの声はうわずっている。

「でも、できないわ……こんなところで」

「そう思っているのか」ライダーは悲しげにユーモアをこめて言い、できることを証明するように彼女を自分の体に引き寄せた。

「わたしが言いたいのは、人が」ふたりの目が合った。「だれかが来るかもしれないから」

「わかっているよ」ライダーの唇が彼女のまぶたに、鼻に、頬に、あごに触れる。「でも、いまきみを自由にさせるのはエベレストにスケート靴で登るようなものだな」

「ごめんなさい」アイビーは両腕をライダーの首にかけたまま目を開け、彼を見上げた。

「からかったわけじゃないのよ。そんなに欲しければ、わたしはかまわないわ」恥ずかしそうにささやく。

ライダーの顔がこわばった。「わかってるよ。だが、そんなに大きな犠牲を払ってもらう気はない。いまはね」彼はゆっくりとアイビーから手を離し始めた。彼の腕はまだかすかに震え、体がうずいていた。

「苦しいのね？」アイビーは相手の暗く陰った目を探りながら、優しく言った。

「ああ」ライダーは彼女を放して深く息を吸い、胸の鋭い痛みをやり過ごそうとした。

「こんなこと、してはいけなかったわ」アイビーはためらいがちに言い、ライダーがタバコを取り出して口にくわえ、風のなかで火をつけようと苦労しているのを見つめた。

タバコから煙が出て、ライダーが顔を上げた。「そうかい？」ようやく、笑顔が戻ってきた。それにしても、アイビーが本当に自分に迫ってきたことが信じられない。しかし、自分の頭がどうかしたのではないかぎり、それはたったいま起きたことなのだ。「なぜかな？」

「なぜって、つまり、恥知らずだったわ」

ライダーはおかしそうに笑ったが、ばかにした笑いではなかった。心から楽しそうで、目にもそれが表れている。「ぼくだけに爆発させているぶんには大丈夫さ」彼はアイビーに顔を寄せ、ささやいた。「楽しかったよ」

アイビーは赤くなった。「わたしも」

ライダーの目が輝いた。「そういうことなら、またやってもいい。いつでも好きなときにね」

「本当？」アイビーが口ごもる。

ライダーの目は優しかった。ベンはアイビーの衝動を、自然な感情を彼女から取り除いてしまったが、ライダーはそれをゆっくりと呼び戻そうとしていた。ぼくはこの数年間ずっと、アイビーを思い続けてきた。だから、ひとりも女性はいなかった。その前までは自分の欲望を抑える習慣がなかったが、いまようやく、我慢するというのがどれほど難しいかわかりかけてきた。まだ準備のできていないアイビーと性急に関係を持つわけにはいかない。

「そろそろ行こう」ライダーがしばらくして言った。「ジーンに心配をかけたくないからね」

「ええ、もちろんだわ」

ライダーがかばうようにアイビーの肩に腕をまわした。「クマを見せてあげるといい。名前は考えたかい？」

アイビーがほほえむ。「バーソロミューよ」

「なんだって？」

「彼は育ちがいいクマなの」アイビーはまじめに言った。「ありふれた名前はつけられないわ」

ライダーはあきれたように頭を振ったが、それ以上なにも言わず、ただ笑っていた。

7

ライダーがアイビーの家へ行ってみると、キムがジーンにスポンジケーキの作り方を教えていた。

「文句言わない」キムはボスに挑戦的だった。「ボスがメニューにうんざりだと言うから、ビーフシチュー、レバー炒《いた》め、フライチキン、マカロニチーズを習ったよ。マッケンジーさんが教えてくれた」

「フライドチキンだ」ライダーが正した。

「そう言ったよ。フライチキン。お返しに、ナポレオンパイとクレープシュゼットとスポンジケーキの作り方、教えてる。いい取り引きでしょ?」

「そうだな」ライダーはしかたなく認め、アイビーに目を移した。濡《ぬ》れたように輝く瞳で彼女にほほえみかけられ、ライダーは落ち着かない気分になった。アイビーは肉体的に自分にひかれているが、一線は越えられないかもしれない。経験の豊富なライダーにはわかる。結婚を考えているとはいえ、彼はあまりにも急ぎすぎた。アイビーはぼくを欲しがり、明らかにその気になっている。しかし、ベンを失った寂しさにつけこんで彼女を手に入れたくはない。彼女は欲望を感じなかったにしても、夫を愛していたのだ。ライダーは彼女のすばらしい肉体以上に心が欲しかった。しかし、どうにもならないほどにその体が欲しいこともたしかで、それが問題を複雑にしている。あせってはならない。残念ながら彼が一歩退いて、性急な彼女の欲望に手綱をつける必要がある――彼女に嫌われることなく、プライドを傷つけず、しかもぼく自身が欲求不満でおかしくならないように。それは激しい恋に陥っている男には無理な注文だ。

アイビーはそんな彼の顔を見て誤解した。わたしはやりすぎたのかしら？　彼は恐れをなしてしまったの？

「そろそろ、帰るよ。あした会おう、アイビー。終わったのなら運転を頼む」ライダーは、あとの言葉をキムに言った。

「もう終わり。ありがとうございました、マッケンジーさん」キムはジーンにおじぎをした。

「ありがとう」ジーンが心から言う。「教わった料理で、そのうちアイビーを太らせるわ」

「もう少し肉がついてもいいな」ライダーはアイビーのほっそりした体に温かいまなざしを向けた。「このままでも全然悪くないけどね」

「ほめてもらったからには夕食に招待しなくてはいけないわね」アイビーがふざけて言う。

「ありがとう。だが、書類がたまっているんでね」アイビーのがっかりした顔を見るのはつらかったが、きょうはこれ以上そばにいると自分を抑えられそうにない。それでなくても、海岸でのことがあって体がうずいているのだ。

「でも、どうせ食事はしなければいけないのよ」ジーンが助け船を出す。

「来週はお嬢さんをパリに連れていきますよ」ライダーの言葉にアイビーもジーンも驚いた。「仕事だけどね、買い物や観光の時間もある。そのためにまず、ぼくが仕事を片づけてしまうというわけだ」

「それなら、帰って」アイビーが優しく言った。

ライダーは笑った。「冷たいな。食事に招いてくれたかと思えば、今度は追い返す。だが、少なくともコックは連れて帰れる。キム、おまえのフライチキンが楽しみだよ」

キムがライダーをにらむ。「待ってなさい、おいしいのを作って、そんな口きけないようにする！」

「また始まった」ライダーがぶつぶつ言う。

ふたりは口げんかをしながら帰っていった。

「しあわせそうね」夕食の席に着くと、母が言った。

「しあわせよ」アイビーはフォークをいじっている。「わたしが彼に夢中なのは知ってるわよね」

「ええ」

「早すぎないといいんだけど」

「アイビー、ベンは死んだのよ」母が静かに言った。「わたしはあなたが思うほど鈍くないわ。結婚生活がしあわせじゃなかったのは知っているの。あなたが隠したがっていたから、知らない振りをしていたけど。でも、もうおしまいにしてもいいころじゃない?」

「そうね。たしかにしあわせじゃなかったわ。わたし、ライダーから逃げていたの。ベンはそれを知っていたわ。楽な道を選んだのがいけなかったのね。やり直すのが手遅れでなければいいけど。ライダーは、なんだか……変なのよ」

「どんなふうに?」

「わたしに怒鳴りつけようか、キスしようか、決めかねているみたいなの」

「いい傾向ね」ジーンはにっこりした。

アイビーは顔をしかめた。「わからないわ」

「気にしないで。そのうちにわかるわ。あせってやりそこなわないようにね。近ごろわかってきたのよ、自然のなりゆきにまかせておけば、緩んだひもはきちんと結ばれるようになるって。試してみなさい」

「ほかにやりようがある?」アイビーは深くため息をついた。「昔に返りたいわ。ベンはほかの人とならうまくいって、まだ生きていたかもしれないわ」

「あと戻りはできないわ。前へ進むしかないの。たとえあなたが彼を不幸にしたとしても、彼は結婚を続けなくてもよかったのよ。離婚だってできたわ。でも、しなかった」

「あの人、わたしがライダーをどう思っているか知っていたの」アイビーはみじめな思いで打ち明けた。

「知っていたのなら、なおさらよ。人の愛は注文どおりにはいかないもの」

「ベンはわたしのせいでお酒を飲んだのよ」

「そうじゃないわ。そんなに自分をいじめないで！　アイビー、結婚は哀れみでするものじゃないのよ。でも、あなたがベンと結婚したのは哀れみからね。彼を愛してはいなかった。同情していただけ！」

アイビーは両手で顔を覆った。たしかにそうだ。ライダーが避けているときに、ベンはわたしに注目してくれた。わたしは悩みを打ち明けられ、ベンに同情したわ。でも、それだけ。先のことなんか考えもしなかった。頭を占めていたのは、ライダーに仕返しをすること。彼が望まなくても、ほかにわたしと結婚したがっている男がいることを見せつけてやりたかったのよ。でも、その思いが裏目に出てしまった。

「かわいそうに」ジーンは泣いている娘を抱きしめた。「大丈夫。問題を正面から見つめれば半分解決したも同然よ。全部吐き出したら気が楽になるわ」

アイビーはその夜初めて、あの結婚がどれほど偽られたものだったかを認めた。ベンの問題は大部分は本人の身から出たさびだ。たぶん、わたしの罪悪感や同情も一因にはなっている。でも、ベンはわたし同様、自分で決めたのだ。わたしが結婚を強制したわけではない。失敗を見据えたいま、過去のことは忘れよう。そしてライダーのことを真剣に考え、忘れていた女としての自分を取り戻そう。そう思うと心のわだかまりがなくなり、アイビーは晴れやかな気分になった。

その気分は翌朝まで続いた。仕事中のライダーは感じよく礼儀正しかったが、アリゾナから戻ったときのように距離をおいていた。アイビーが近づくたびに彼は引きさがり、きみが欲しくてたまらないからだと言うのだが、それだけとは思えない。いったいなにが原因なのだろう。アイビーは知りたかった。

つぎの月曜日、ふたりはパリへ飛んだ。兄のようなライダーの態度にアイビーの心は沈み、旅の興奮だけが気を紛らわせてくれた。パリを見ることは大きな夢だった。いまでも自分がパリへ向かっていることが信じられない。しかもライダーといっしょだなんて。パリではどんなことでも可能だ、と言われている。たぶん、〝花の都〟が彼の固い心を溶かし、アイビーの味方をしてくれるだろう。

ライダーはシャンゼリゼに近い豪華なホテルに部屋を取った。アイビーはバルコニーに出てパリを一望した。

鉄製の手すり越しに明かりのついたエッフェル塔を見ていると、パンを焼く匂《にお》いと、かすかな異国の香りがしてくる。はるか向こうには、銀色のリボンのようにセーヌ川が遊覧船やボートを浮かべてゆったりと町を流れ、手前にはノートルダム寺院の尖塔《せんとう》がある。まるで魔法の世界だった。目を閉じれば、通りで人々がラ・マルセイエーズを歌っているのが聞こえそうな気がする。ずっと昔、フランスの独裁者がギロチンの露と消えたときに群衆があげた興奮の叫びさえも。こんなにも歴史を感じさせ、存在感のある町。夢見ていたとおり、いやそれ以上だった。

「ちょっとした眺めだろう？」

振り返ると、すぐ後ろにライダーが立っていた。彼は上着とネクタイを取り、襟もとのボタンをはずしている。アイビー同様疲れているようだ。

「こんなにきれいな景色は初めて見たわ。ライダー、あなた、疲れているみたいね」

「時差ぼけさ。きみは疲れてないか？　それともきみの年ではそんなことないかな？　ぼくはきみより一〇歳上だからね。スタミナが少々落ちている」

「やめて。ここはパリよ」アイビーがライダーに近寄ろうとすると、彼は片手を上げた。

「だめだ。きみが冷静なときならいいが、いまはだめだ。反動ではいやなんだ」

「え？」アイビーは口ごもった。

「きみはベンを愛していた。ぼくは愛情の残りなどいらない。だから頭を冷やしてくれ」

そう言うとアイビーが口を開く前に、ライダーは行ってしまった。

アイビーには彼の気持ちが態度ではっきりとわかった。彼はわたしを近づかせまいとしているのだ。巧妙だが、冷淡さがあった。ジャクソンビルでは消えていた冷淡さが。いったいわたしになにを求めているの？　わたしが素直に彼への気持ちを打ち明けさえすれば、誤解が解けて、ふたりの関係は進展するのだろう。だが、そんな勇気はない。

一方、ライダーも問題を抱えていた。彼はベンのことでずっと自責の念にかられてきたのだ。アイビーは知らないが、ベンの父親はライダーが頼んだ仕事が原因で死に、以来ベンは酒を飲み始めた。ライダーは罪悪感からベンを雇い、知らず知らずのうちにアイビーまで彼に譲ってしまったのかもしれない。アイビーがベンのことで自分自身を責めるなら、ぼくはもっと責められるべきだ。彼女はベンを愛していた。そして、考えたくはないが、ベンがああなったのはぼくの責任だ。いつかアイビーがそれを知ると思うとたまらない。

アイビーに触れないでいるのは地獄の苦しみだった。彼女を見ずにはいられない。フランス人の血が流れているせいか、パリにいる彼女はとてもくつろいだ感じだ。黒い髪と黒い瞳と美しい肌をしているので、気楽でしあわせそうなフランス人に見える。

アイビーはライダーを見るとき以外は輝いていた。自分の態度に彼女がとまどい、傷つくのはわかっているが、彼女のそばにいるとどうしても自制心がなくなってしまう。彼はアイビーがベンを忘れられないうちにあわてて肉体関係を持ちたくはなかった。

しかし、ライダーの決心はパリの二日目で一歩後退した。不運にも、会議出席者で非常にハンサムな若いフランスのビジネスマンがアイビーに目をとめ、ライダーの人生をややこしくしてしまったのだ。

アイビーはその男に注目されて気をよくした。二日間ライダーから冷たくされたり、兄のような気のない態度であしらわれたあとでは、たとえうわべだけでも、熱い視線を向けられるのは慰めになる。アイビーはライダーの思いにも気づかず、若い男性が話しかけてくると愛想よく答えた。

男はアルマーン・ラクレアと言い、ほとんどフランス語なみに英語が話せた。

「アイビー」会議の前、司会者がメモを用意しているすきに、アルマーンはアイビーの横に座った。「美しい名前だ。きみのようにね、マドモアゼル」

「優しいのね」アイビーは恥ずかしげにほほえんだ。

「正直なんだ。ランチをいっしょにどう、いいだろう?」

ライダーをちらっと見たアイビーは、彼の表情に顔が青ざめそうになった。ライダーは人殺しでもしそうな顔でアルマーンをにらんでいる。みんなが席に着くあいだ、ライダーは別のビジネスマンと話をしていたのだが、振り返ってみると、若いフランス人が明らかにアイビーに参った様子で話しこんでいたのだ。彼ははっきりと敵意を見せた。

「ボスにきいて」アイビーは目を伏せて言った。

ライダーがなんと言ったかはわからないが、アルマーンは顔を赤らめ、わびのような言葉をつぶやきながらさっと立ち上がった。

「許してください《パルドネ・モア》、マドモアゼル」アルマーンは心から言い、アイビーの手に形だけのキスをすると、ライダーを用心深くちらっと見て早々に退散した。

「殺し屋だとでも言ったの？」ライダーが隣に来ると、アイビーは目を丸くしてきいた。

ライダーは答えなかった。まだ怒りがくすぶっているのだ。「きみはここへ仕事に来ているんだ。気の多いプレーボーイを相手にするためじゃない」

「あの人、プレーボーイなの？」いやみは無視して、アイビーは興味ありげにきいた。

「ああ。彼の家は裕福でね。爵位も持っている」

「そんな人がわたしに目をとめてくれたなんて光栄だわ」アイビーがつつましやかに言う。

「光栄？」ライダーは彼女をにらみつけた。「あいつが目の前で殴り倒されるのを見たくなければ、二度とあいつをそそのかすんじゃない」

アイビーは心底驚いた。「ライダー！」

「きみはわかってないんだ。まったく……」

そのとき司会者のマイクの声が響いてきて、ライダーの興奮した言葉をさえぎった。ライダーは脚を組み、まっすぐ前をにらんだが、まだ腹を立てている。アイビーは彼の動揺を感じた。

〝きみはわかってない〟――彼にしては控えめな表現だったが、荒々しいライダーを前にしても、アイビーは不思議と怖くはなかった。おかしなことに、彼女がほかの男性といるのをライダーが気に入らないという事実に心をくすぐられる。もちろん、肉体的な意味だけのジェラシーかも……。

アイビーは不愉快な思いを払いのけた。もっといいほうに考えなければ。彼はわたしをかばってくれるし、わたしにキスをするのが好き。とてもわたしを欲しがっていて、やきもちを妬《や》く。欲望だけのはずがないわ。もう少し頑張ればいいだけなのよ。

しかし、ことは簡単にはいかなかった。ライダーは会議のあと、アイビーを昼食に連れていき、会議で出された役に立つ意見を訳し始めた。アイビーがあわてて書き取るのを見ながら矢継ぎ早に口述し、彼女のうろたえぶりを楽しんでいる。

「意地が悪いのね」アイビーはおいしいチキンとライスのアントレを頬張りながら言った。

「あたりまえだ！　パリへ連れてきてやったら、きみはさっそく現地人をものにしようとした！」

「そんなことしてないわ」アイビーはかっとなって顔を赤くし、黒い瞳をきらめかせた。

「ランチに誘われただけよ。親切ないい青年だったわ」

「あいつはえじきを求める狼《おおかみ》だ。男が獲物をねらっていればわかるさ。本能的にね」

「彼と出かけるつもりはなかったわ」

「そうかな？　ぼくの目が節穴ではないかぎり、危機一髪だったよ」

「節穴のほうがましよ。あなたは冷たいかと思えば情熱的な恋人になって、そして突然、兄みたいになるのね！　どうしようもないわ！」

「声が大きいよ」ライダーが注意する。

アイビーは深く息を吸い、好奇の目を向けている人々の顔を見ないようにした。長い髪を背中にたらし、白い襟つきの上品なネイビーブルーのドレスを着た彼女はとても若く、とても美しい。そして、とても怒っていた。

オリーブ色の肌に合う黒いスーツ姿のライダーは、腹立ちとおかしさの入りまじった気持ちでアイビーを見つめた。怒っている彼女は溌剌《はつらつ》として、昔から知っている内気でおとなしい少女とはまるで別人だ。嵐《あらし》のように爆発した彼女がおおいに気に入った。本人に言うつもりはないが。

「あなたがわたしになにを望んでいるのか、わからないわ」アイビーがつぶやいた。

「それに乾杯」ライダーは彼女に同意を示し、あざけりの笑みを浮かべてワイングラスを掲げた。

ワインは飲みなれていないので、アイビーは用心深くすすった。ここではだれもが昼食のたびにワインを飲む。たまにペリエを飲む者もいるが、アイビーはただの炭酸水がいやで、軽い辛口の白ワインにした。が、いまは後悔している。おかげで気が高ぶって、彼につっかかってしまったのだ。

「わたしはただの秘書よ、なぜデートがだめなの？」

「まだ夫が忘れられないと言ったのはきみのほうだ。それとも、ぼくが年寄りだと言いたいのか？」

アイビーは自分の耳を疑った。「年寄り？」

「ちょっと遊ぶには手ごろだが、近づきすぎたくない、そういうことなのか？　たぶん、若いフランス男がきみのタイプなんだろう。結局きみが結婚したのは、ひとつ違いのベンだ。ぼくのような疲れきった仕事中毒のおじさんじゃない」

ライダーは本気で言っているらしい。アイビーは心配になり、彼の大きな手に自分の柔らかな手を重ねた。「ライダー、あなたが年寄りだとか疲れきってるだとか、そんなこと一度も思ったことないわ」

ライダーは歯をくいしばっている。「そうかな？」

アイビーは彼の長い指を見つめた。たくましい手。指輪はなく、平らな爪にはしみひとつない。「あなたのほうこそ」彼女は静かに言った。「わたしなんかに魅力はないと思ってるんだわ」

ライダーの手が向きを変え彼女の手を握った。「それは違う」

「肉体的には、たぶん。でも、あなたの世界とわたしの世界は違いすぎるもの。わたしは一度も……」自分の言いかけた言葉にショックを受け、アイビーは黙った。

しかし、ライダーは見逃してくれなかった。彼はまた手を握った。「一度もなんだ？言ってくれ！」

「一度も、自分があなたのような人にふさわしいと思ったことはないの。わたしは若くて世間知らずで、貧乏で、とてもあなたには釣り合わなかったから」

ライダーが長いあいだ黙っているので、アイビーは顔を上げたが、驚いたことに彼の細身の顔には深く傷ついた表情があった。

「きみは一度もそんなことを言わなかった」

「あなたはお金持ちよ。でも、わたしはこんな高級レストランに慣れていないわ。あなたがいなければ、メニューもわからない。ワインもめったに飲まないし、上流社会でどう振舞えばいいのかもわからない。それが恥ずかしくて、怖いの」

「どうして言ってくれなかったんだ？」

「どう言えばいいのかわからなかったの」

ライダーはため息をつき、彼女の手を引き寄せて、てのひらに温かな唇をつけた。「残念だよ。ぼくたちのあいだに社会的な違いがあるとは気づかなかった。いつだって、きみはぼくと同じ社会の人間だと思ってきた。ぼくとも、イブともね」

本当にそう思っているんだわ！　アイビーはライダーの目に見入り、ひそかな興奮にとらえられた。彼のそばにいるといつもそうだった。ライダーが彼女を見つめながらてのひらに官能的な唇を触れる。

「それも、きみがぼくから逃げた理由なんだね？」

「まあ……そうね」

「誤解だらけだな。ときどき誤解が解けることなんてあるのだろうかと思ってしまう」

「だめね……あなたが逃げているかぎりは」アイビーは臆《おく》せずに言ったが、顔は上げられなかった。

「きみがベンを忘れて将来のことを考えるようになれば、ぼくも逃げない。きみしだいさ。ぼくは甘い男じゃないんだ」

　驚いて顔を上げたアイビーは、ライダーを見て心からうれしそうに笑った。「本当？」彼女はいたずらっぽく言った。「あなたは女性を棒で追い払わなければならないって、イブがよく言っていたわ」

「あのころは若くて、見境がなかったんだ」

「いまはある、ということ？」

「ああ、そうだ。一夜の情事はだめだしね」

「でも、結婚もでしょう？」慎重にアイビーがきく。

　ライダーは感情を見せないようにした。「結婚は一生のものだ。ひとりの女性と過ごすには長いな」

アイビーの気持ちが沈む。「結婚は一生のものよね」彼女は悲しげに言い、ベンのことを思った。彼がいまも生きていたら、わたしの人生はどうなっていたかしら？　アイビーの体が震えた。

ライダーは顔をしかめた。ベン。いつもベンだ。ライダーは残りのワインを一気にあおった。

「午後は会議があるんだ」突然、ライダーは愛想よく、しかし事務的に言った。「ぼくが戻るまで、そのメモを入力しておいてくれないか？」

急に調子が変わったことにとまどい、アイビーは顔を上げた。結婚の話をしたせいかしら？　たぶん、そうよ。彼は結婚を軽蔑《けいべつ》しているんだわ。そんな彼をどんなに愛したところで、情事以上のものは望めないだろう。そんな生活にはとても耐えられない。アイビーは厳しいしつけを受けて育ったので、世慣れた女にはなれなかったが、一方で、あまりにも深くライダーを愛してもいた。もし彼が望めば、わたしはとても拒めないだろう。アイビーはどうにもならない思いでうめき声をもらしそうになった。

「ええ、一生懸命やるわ」アイビーはつぶやいた。

「あのフランス人とじゃないぞ」ライダーは危険な雰囲気だった。「いいか、アイビー、冗談じゃないんだ。あいつがきみにつきまとっているのを見たら、張り倒してやる！」

「わたしがだれかといっしょにいることを、なぜ気にするの？」アイビーは涙をこらえて立ち上がった。「わたしなんか欲しくないくせに！」

「いや、欲しいさ」熱のこもった低い声だった。

「別の……意味でね、たぶん」アイビーは大きな黒い瞳を涙でいっぱいにし、おぼつかない声で言った。「でも、それだけじゃ、わたしはいやなの！」

ライダーはいらだたしげにまわりを見た。「ここじゃ、話ができない」

「話す必要なんかないわ。あなたはボスで、わたしは秘書ですものね。あなたはわたしがなんの準備もできていないと言ったけど、あなたのほうもよ、ライダー」アイビーは威厳を装ってバッグを手にした。「よければ、部屋に戻って仕事にかからせてもらいます」

「どうぞ」ライダーは、たまたま通りかかったフランス美人を見て、アイビーをいらだたせるために、露骨な視線を向けてくるその女性にほほえんだ。相手もほほえみ、ゆっくりと歩いていく。「ぼくの帰りが遅かったら、起きていなくていいよ」ライダーは冷たい嘲《ちょう》笑《しょう》を浮かべ、意味ありげに言った。

アイビーが見ると、女性はライダーに流し目を送りながらカウンターのそばで待っている。「わたしはだめだけど、あなたはいい。そういうこと？」

「ぼくは男だ。なにを期待したんだ？　あからさまな誘いを断るとでも思ったのか？」

アイビーの目に涙がこみ上げてきた。「あなたなんか、大嫌い！」

「くそ！　いいかげんにしてくれ。ぼくはここに仕事をしに来たんだ、女を引っかけるためじゃない。きみのせいでそうしたくなることはあるがね！　仕事にかかるんだ！」

アイビーは行きかけたが、一瞬ためらって、また戻ってきた。美しい顔にせつない思いと恐れがはっきり表れていた。「ライダー、しない……わね？」例の女性をちらっと見て、小声できく。

「気になるのかい？」同じように小声だった。

「ええ……」アイビーは一瞬苦しげな表情を見せ、ささやくように言った。「とても」

ライダーは深く息を吸い、手を伸ばすと、口紅の取れている柔らかな唇に触れた。「喜ぶべきか、悲しむべきかわからないな。だがこれできみにも、あのフランス男のことはわかったろう？」

アイビーはなにか言おうと思ったが、言えなかった。身を守るものがなにも残っていない。彼女は美しいフランス女性がこちらを見守り、やがてライダーに近づくのを見ないようにしてレストランを出た。

アイビーは見なかったが、ライダーはその女性をうまく追い払った。なにかすることを見つけなければ、ばかなことをしでかしそうだった。だが、ほかの女性を相手にする気はない。欲しいのはアイビーだけだ。それが問題なんだ。彼は罵《ののし》りの言葉を吐き、会議に出かけた。ほんのしばらくでもいい、彼女を忘れ、心を落ち着かせたい。部屋に帰ったとき、彼女が眠っていてくれればありがたいのだが。

8

アイビーは部屋でサラダとブラックコーヒーの夕食をすませた。真夜中になってもライダーは帰ってこなかった。あのフランス女性といっしょなのかと思うとつらくなる。彼は誘いには乗らないと言ったけれど、どうしても女性が欲しくなったら……。ライダーの固く力強い体が、あのフランス女性の柔らかな肉体に触れるなんて、とても我慢できない。ナイティに着替えて横になったものの、アイビーは眠れなかった。ドアの開く音が聞こえたのはそれからずいぶんあとだった。

ライダーはアイビーの部屋をのぞかなかった。今夜の自分はあまりにも感情的になっていた。フランス美人の件では嘲笑《ちょうしょう》を浴びせながら、一日じゅうアイビーのことばかり思っていたのだ。アイビー以外の女性とはかかわりたくない。服を脱いでベッドにもぐりこんだ彼は、アイビーの記憶を頭から追い出したくてタバコを吸った。セントオーガスティンの砦《とりで》、そしてサバンナの海岸での彼女が目に浮かぶ。考えれば考えるほど気持ちが高ぶり、苦しくなってくる。うめき声を押し殺しながら、落ち着かない思いで寝返りを打った。彼女のことは忘れるんだ！

ドアは閉まっていたのに、アイビーの耳にライダーの落ち着かない動きが伝わってきた。近ごろの彼はひどく短気になっている。ひどくなる一方で、アイビーにはどうしていいかわからなかった。彼がなにかを待つように自分を見つめているのを感じるが、それがなんなのかわからない。わかっているのはライダーがひどく傷ついていて、そんな彼を助けてあげたいと思っていることだけだ。

暗がりのせいか、音が大きく感じる。苦しそうなうめき声が聞こえ、アイビーはためらいなくベッドを出て明かりをつけた。

彼女はライダーの寝室のドアに向かったが、ふと自分の姿に気づいてためらった。前後ろも深くくれ、ほとんどなかが透けて見えるようなブルーのナイティ姿だ。男性の寝室に入っていくのにふさわしい格好とはいえない。でも、相手はライダー、知らない人ではなく、友だちよ。

アイビーは静かにドアを開けた。ベッドわきの小さなランプをつけたまま、ライダーは腕で目を覆い、無造作に上掛けをかけて横になっていた。

裸足《はだし》のアイビーは音もなくベッドに近づいた。上掛けはライダーの腰を隠しているだけで、黒く濃い胸毛のある広くたくましい胸も、長く力強い褐色の脚も、好奇心にかられたアイビーの目にさらされている。

アイビーはベンの裸を見たいと思ったことは一度もなかったが、ライダーの男らしさ、その完璧《かんぺき》な体には目をみはった。

またうめいて身動きしたライダーは目の上の腕をどけ、そこにアイビーを見た。

ライダーの体が緊張した。「酔ったらしい」

「あなたの声が聞こえたの。大丈夫、ライダー？」

ライダーはアイビーの体から胸のふくらみに目をやり、顔をこわばらせた。深い襟ぐりから柔らかなふくらみが見え、黒い瞳が優しく、長い黒髪はなめらかな肩にふんわりとかかっている。彼は痛いほどの欲望に息がとまりそうになった。「出ていってくれ、アイビー」声がかすれていた。「早く！」

その声には危険な響きがあったが、アイビーは今度だけは気にしなかった。このときほど自分が生きていると感じたことはない。彼を見ているだけで体じゅうがうずいてくる。

「なぜ？　どうしたのか言ってくれない？」

「本当に知りたいのか？」いらだちと欲望が熱く混じり合い、ライダーの体を苦しめる。

「わかったよ。きみももう大人なんだ。問題はこれさ、アイビー」

ライダーは上掛けをさっとめくった。

アイビーは言葉もなく口をぽかんと開けた。ライダーの体は、バージンでさえわかるほどはっきり目覚めていた。かすかに震え、暗く陰った顔にグレーの瞳が光っている。

「ああ、ライダー」アイビーは恐れも恥ずかしさもなく、目に優しい賞賛の思いをこめて彼を見つめた。こんなにすばらしい男性を見て恥ずかしくなるわけがないわ。彼女は呆然《ぼうぜん》としながら思った。

「なんてことだ!」ライダーは起き上がり、頭を抱えこんで彼女に背を向けた。「どうかしてる! すまなかった。出ていってくれないか?」

アイビーは苦しむ彼に心を動かされ、隣に座ると、冷たい指先でためらいがちに彼の腕に触れた。

ぱっと振り向いたライダーは、まだアイビーがいることが信じられないという顔をした。

「横になって、ライダー」アイビーは震える声でささやいた。どうすればいいのかはっきりとはわからないが、彼をこのままほうって出ていく気にはなれない。たとえ冷静になった彼に憎まれたとしても。

「なんだって?」ライダーは耳を疑った。

アイビーが肩を押してライダーを仰向けに寝かせると、彼の銀色の目は驚きの色を浮かべた。彼女は目を合わせなかった。身をかがめ、ためらいがちに胸に唇を当て、片手は平らなおなかに滑らしていく。

ライダーは両手でアイビーの髪をつかみ、声をあげた。「アイビー……やめてくれ!」

アイビーはやめなかった。震える指で彼に触れ、その体からみなぎる力に少し脅《おび》えながらも、引きしまった肌に唇をはわせていく。

「やめろ……」ライダーが身を震わせてうめいた。

「どうしたらいいか、教えて」アイビーは彼を見ずにささやき、動きを続ける。ライダーは無力で、アイビーは生まれて初めて恐れを感じなかった。

「アイビー！」ライダーは声をあげたが、彼女に触れられて黙った。彼の手が、敏感なところへとアイビーの手をそっと導く。アイビーは彼の震えを唇に感じ、苦しげな息づかいを耳にした。

ライダーがエクスタシーに身を震わせたとき、アイビーは恥ずかしさをこらえて顔を上げ、彼を見た。信じられない。ベンは、ふたりがひとつになったときでさえ、一度も……こんなふうにはならなかったのに！　彼女の下でライダーは、意識を失いそうなほどの喜び以外、なにも感じられなくなった。

彼の体が静まると、アイビーは濡《ぬ》れたタオルを取りに行った。彼女は横たわったままのライダーの体を優しくふいてあげた。彼女の胸は、いま彼と体験したばかりのことで激しく高鳴っている。

ライダーの陰った瞳には少し責めるような、信じられないというような表情があった。体はまだ震えている。

「大丈夫？」アイビーが優しくささやく。

「ああ」ライダーはあいている彼女の手を取り、飢えたようにそのてのひらを唇に押しあてた。「ありがとう」熱いささやきは喜びにかすれている。

「不器用でごめんなさい。わたし……一度も……」

ライダーの目が彼女の目を見つめた。「彼にも?」

ベンのことだとわかった。アイビーは恥ずかしそうにうなずくと、興味ありげな彼の目を避け、広い裸の胸に目を落とした。「ライダー、ひとつきいてもいいかしら? あの、個人的なことだけど」

「なんだい?」ライダーの声は優しかった。

「いまのこと……どんな感じがするの?」

「きみは結婚してたんだろう。知らないのか?」

彼女はひと呼吸おき、ため息とともに首を振った。

ライダーは起き上がると、彼女の間近で目を合わせ、率直に核心をつく質問をした。

アイビーは赤くなった。ベンでさえ、これほど踏みこんだ質問をしたことはない。「いいえ」

「彼は知っていたのか?」

「ええ。彼はわたしが不感症だと言ったわ。全然よくなかったし、ときどきすごく痛かったの!」

ライダーのたくましい手がアイビーの顔をはさみ、自分のほうへ向けた。「彼は、いまのようなことをしてくれたかい？　きみが楽になれるように」

「なんのことかわからないわ」

ライダーはアイビーの言葉が信じられなかった。これほど美しく、官能的でありながら、女としての喜びを一度も引き出されたことがないとは。本当の意味で、彼女は手を触れられていないのだ。ライダーは貪《むさぼ》るように彼女を見た。大きな黒い瞳をした優しい卵形の顔、裸の肩にかかる絹のような黒髪、そして美しい胸のふくらみ。ライダーは無理に考えを引き戻した。「彼はどのくらい時間をかけた？」ぶっきらぼうにきく。

「ライダー！」

「知らなきゃいけないんだ。ぼくを信じてくれ」

アイビーは目をそらせた。「わからないわ。長くはないけど。あの人はいつも急いでいたから……」

「五分以下か？」ライダーは怒りをこらえている。

「まあ……」アイビーがつばをのみこむ。「ええ」

ライダーは深いため息をついた。「なんてことだ」

「わたしは彼を愛していると思ったの。でも、欲望は感じなくて。そんな気持ちで、どうやって彼と暮らしたらいいのか、わからなかったわ」

ライダーは彼女の顔を自分のほうに向かせた。「ぼくは、きみのしてくれたことをきみにしてあげたい」彼は静かに言った。「させてくれるかい？」

アイビーの顔が赤らんだ。「そんなこと……」

「どんな感じかと、きみはきいた」ライダーは低く、ゆっくりと言うと、彼女をベッドに引き入れてシーツの上に横たえた。黒い髪が赤くなった顔を後光のように縁取っている。

「わからせてあげるよ」

「ライダー」アイビーは脅えて彼の固い裸の胸を両手で押しやった。

「大丈夫」ライダーがなだめる。「なにも持っていないからセックスはしない。痛くもしないよ」

アイビーは唇に彼の息を感じた。「男の人って普通……持っていないの？」不安そうな声できく。

震える唇に唇を合わせながら、ライダーはほほえんだ。「アイビー、ぼくは二年近く、女性と関係していない。わざわざ持ち歩く必要がどこにある？」

「あなたは……」

ライダーはそのささやきをキスで消した。アイビーはバラの香りがする。ライダーは今夜ほどすばらしい気分になったことはなかった。アイビーに触れ、味わうのはこのうえない喜びだ。思いがけず、彼女が惜しみなく与えてくれた安らぎに、彼の体はまだ温かくうずいている。今度は彼女に与えてやりたい。彼女を心の底から愛している男とひとつになるすばらしさを知ってもらうために。そう口にするわけにはいかないし、彼女もまだ聞きたくないだろう。しかしそれを知ることは、彼の優しいキスにも、柔らかな裸の胸への微妙な愛撫《あいぶ》にも、別の世界が広がり、彼の誘いを受け入れやすくする。

「力を抜いて」ライダーの固い唇がアイビーの丸いあごに触れ、脈打つのどから鎖骨へと下りていく。「楽にするんだ。痛くしないよ」

彼の唇がまた動き、ナイティをずらして柔らかな胸に触れると、アイビーは息をとめた。思わず手をライダーの豊かな黒い髪へやったが、彼を押しのける代わりに冷たい髪にその手を入れた。アイビーのなかでなにかが起こりかけている。彼の唇が感じやすい胸の先に近づき、アイビーは身を震わせた。

ライダーは彼女の息づかいが変わるのを感じた。やっと始まったばかりなのに、すでに彼女は目覚めている。彼は胸のつぼみを口に含んだ。

アイビーが声をあげた。震えながら体をそらせ、彼に自分を押しつける。

ライダーも彼女に刺激されて目覚めていたが、無理に静めた。いまは彼女を満足させたいのだ、自分のためではない。

ライダーは片手でゆっくりナイティをたくし上げ、柔らかな腿の内側にじかに触れた。

アイビーは体をこわばらせ、彼の手をつかんで息をのんだ。

ライダーが顔を上げ、彼女の脅えて見開いた目を見下ろす。「そう、たしかにずいぶんなれなれしいだろう？　だが、きみもぼくに同じようにした」

そのとおりだった。それに、少し恥ずかしかったが、彼の手がゆっくりと動くと熱い感覚がわき上がる。アイビーは彼の手首から手を放し、さらになれなれしく触れてくる相手の顔を見つめた。

思いがけない甘い戦慄《せんりつ》がアイビーの体を走り抜け、彼女ははっとして身を震わせた。

「そうだ」ライダーはじっと彼女の目を見ながら静かに言った。反応を見ながら再び触れ、彼女がシーツの上でわずかに身をよじりだすまで、ゆっくりとしたリズミカルな動きを続ける。

アイビーは急に、自分を彼に見てもらいたくなった。官能が恥ずかしさを消し、欲望が体のなかで白熱の炎となって燃え上がる。

「わたしを……見て」彼女は途切れ途切れに言った。

「見ているよ」ライダーの声はかすれている。

「違うの、わたしの……すべてを」

ライダーは息をとめた。「ああ！」欲望に燃えた彼はアイビーのナイティを脱がせると、ふたたび触れて彼女に官能的なめまいを起こさせた。アイビーのしなやかな体がライダーをうずかせる。長く形のいい脚、豊かなヒップ、そして緊張した胸。彼は身をかがめ、アイビーのあげる声を楽しみながら胸のふくらみに唇を触れた。彼女はきれいな胸をしている。そして、触れられ、キスされるのが好きらしい。ライダーが胸の先に歯を当てるとアイビーは彼の頭をつかみ、激しくあえいだ。

「傷はつけないよ。つぼみをかみたいんだ」ライダーは唇を彼女の肩やウエストに触れ、また胸に戻した。「いいかい？」

「ええ！」アイビーは震えている。「ライダー！」

ライダーはアイビーを見るために顔を上げた。本当の意味で、これが彼女にとっては初めての経験なのだ。どんな表情も見逃したくない。彼はアイビーにさらに近づき、彼女の視界をふさいだ。「感じても目を閉じないでくれ。きみを見ていたい」

見ていたい……見ていたい……。低くセクシーな彼の声がアイビーの頭にこだまして、体のなかに喜びがわいてくる。体が震え、目の前のライダーの姿がかすんだ。体を駆けめぐる感覚に、思わず声をあげる。いままで、こんなに苦しいほどの熱く激しい喜びがあるとは想像もできなかった。どう耐えていいのかわからず、涙で顔が濡れた。けいれんが激しくなり、やがて徐々に抑えきれない小刻みな震えになっていく。喜びの閃光《せんこう》が背筋を突き抜け、アイビーは果てた。衝撃を受けた無力な目が彼の目と合い、勝ち誇った喜びの色を読み取った。

ライダーが筋肉質の手でアイビーの体をなでていき、柔らかな胸のふくらみを覆う。

「愛し合うって、こんな感じ?」アイビーは震える声でささやいた。

ライダーはゆっくりうなずいた。「もちろん、もっとこみ入っているし、危険だが」

「どうして?」

ライダーが視線を落とし、ほとんど絶望的な目でアイビーの体を飢えたように見たが、彼女は気づかなかった。「妊娠させてしまうかもしれない」

アイビーの胸は高鳴ったが、すぐに沈んだ。そして悲しく、残念そうな笑みを浮かべて言った。「いいえ。ライダー……わたしには赤ちゃんができないの」

「ああ、なんてことだ、アイビー」

なぜかわからないが、ライダーには慰めが必要に見えた。彼女自身は自分の苦しみに慣れている。ベンとの生活は問題が多かったが、子供はつくってもいいと思っていたのに……。知らず知らずのうちに、彼女はライダーがジャクソンビルで男の子を助けたときのことを思い出していた。ライダーは子供が大好きなのだ。彼は子供を欲しがるに決まっているが、わたしにはできない。でも、ほかの女性ならできる……。彼女はその考えを押しやり、優しくライダーの頬に触れた。「残念だわ」アイビーは涙をこらえた。「子供が欲しかったの、とても!」

ライダーは身をかがめ、誘うようにアイビーと胸を触れ合わせながら、そっと唇を重ねた。「いいんだ。きみがどうであろうと、女性であることに変わりはない。そんなことはもう、わからせたはずだ」彼は顔を上げて自分の体を腕で支えると、アイビーの胸をしげしげとながめた。アイビーは赤くなった。

大胆で念入りなその品定めに、アイビーは落ち着きなく身動きした。

ふたりの目が出合った。「お互いに欲望を静め合った仲なのに。まだ恥ずかしいのかい？」ライダーはほほえみながら優しく言った。

「そうよ」アイビーは少し震えている。「ベンにだって見せたことはないわ……こんなふうに」彼女は目を見開いた。「それなのに、あなたには……」

彼の顔がこわばった。「きみがどんなふうだったか、言おうか？」声がかすれている。「それとも、さっきのぼくの顔を思い出すほうが早いかな？」

「あんなことができるなんて、思いもしなかったわ」

「なぜ、あんなことをしたんだ？」

「あなたは苦しんでいたわ。ああ、ライダー、あなたが苦しんでいたから、なにかしてあげたかったの！」

ライダーは震えた。まだ望みはある。それほど気にかけているなら、いつか、もっと深く思ってくれるかもしれない。そう考えると希望がわいた。

ライダーは彼女の指をとらえ、一本ずつ口に含んでいった。薄い色の目が燃えている。

「そういうことなら、秘密を打ち明けよう。いままで、だれにも、どんな女性にも、あんなことはさせていない」

「わたしにはさせたわ」

「とめなかっただけだ。そうするしかなかったのさ。まったく、だれが思う？　恥ずかしがり屋でおとなしくてかわいいアイビーが、ぼくをベッドに押し倒し、自分の思いどおりにするなんてね。きみのお母さんはショックで口もきけないだろうな」

アイビーは起き上がり、ライダーの上になった。「母には言わないでしょう？」

「そんなことをしたら、ふたりとも殺されるさ！　こっちへおいで」ライダーはもう一度アイビーを引き寄せ、下にした。彼の顔はくつろぎ、穏やかな目がきみはぼくだけのものだと言っている。「きみと寝たい」

もう熱情がおさまっているアイビーはためらった。いくらあんなことをしたあとでも、平気で寝るというわけにはいかない。「わたし……わからないわ」

「そういう意味じゃないよ」ライダーの声は優しかった。「ひと晩じゅうきみを抱いていたいんだ」

「あら」自分もそうしたいと血が騒いでいるくせに、いまは変に恥ずかしい気がする。

「アイビー、ぼくたちは大人なんだ。きみは今夜、ひどく苦しんでいたぼくをいやしてくれた。ぼくもきみにそうできることを願っていたよ。だが、あれはほかのだれにも満たしてもらいたくない欲望だった。わかるかい？」大切なことだというようにライダーは付け加えた。「ほかの女性にあんなことをさせるくらいなら、苦しいままでいたよ」

彼の優しい瞳を見つめ、アイビーは彼がなにかを言おうとしていると思ったが、よくわからなかった。

「なんて大きな目なんだ」ライダーがほほえみながらつぶやく。「言い方を変えよう。きみはほかの男でも、裸で抱かれ、あんなことをさせるのかい？」

アイビーは息をのんだ。いま初めて自分が裸だと気がついたのだ！

彼女があわてて上掛けをつかもうとするのをライダーがとめた。「いま、きみの体はぼくのものだ。きみがくれたんだ、忘れたのかい？　辱しめたり、自分勝手な真似《まね》をしたり、傷つける気はないよ。だから隠す必要はない。そんなきみを見ているだけでいいんだ」

アイビーはじっとしていた。ライダーの目はその言葉が真実だと告げ、彼女を敬愛するように見ている。彼女は動けなかった。同時に、自分もライダーの体を見て、同じ思いをしているのだとわかってきた。いままで彼ほどの男性には会ったことがない。

ライダーはどうにもならない体の反応を覚え、震えながらゆっくりと息を吸った。体の向きを変えてベッドに長々と横たわり、深いため息をつく。「きみはなんてことをしてくれたんだ！」彼は悲しげに笑った。「電気を消して、こっちへおいで」

アイビーはためらった。

ライダーが促す。「いままでのことだけでも、きみのお母さんに絞め殺されるよ。変な気にならないうちに寝たほうがいい。わかったかい?」

アイビーはそっとほほえんだ。「わかったわ」

もちろん、ナイティを着て自分の部屋へ戻るべきなのはわかっている。しかしアイビーは彼の腕のなかに滑りこみ、柔らかな肌に当たる胸毛の感触にどきどきしながら、頬を彼の胸に寄せた。

「だれも入ってこないわよね?」ベッドカバーの上に横たわっているのでアイビーは不安だった。

ライダーはキスで彼女のまぶたを閉じた。「だれも見ないよ。おやすみ、ダーリン」

彼が本当にダーリンと言ったのか自信はないが、アイビーにはそう聞こえた。それに彼女がそう信じたとしても、だれも傷つけるわけではない。

ライダーはもちろんそう言った。彼はアイビーが寝入るのを待って体を起こし、彼女の寝顔を見つめた。アイビーはぼくのことを思ってくれている。たぶん、彼女が自覚している以上に。ライダーは踊りだしたいような気持ちだった。いまは肉体的なものにすぎないが、この先発展しないとはいえない。ライダーは彼女の寝顔と寝息と感触に酔い、ようやく仰向けになった。そして、腕のなかですっかり安心しきって寝ている温かな柔らかい体に刺激されたが、そのうち何年ぶりかの安らぎのなかで眠りに落ちた。

翌朝、アイビーが目覚めたとき、ライダーはきちんと服を着て、貪るように彼女を見つめながらベッドわきに立っていた。アイビーの体がシーツの上で誘うように手脚を伸ばしている。ライダーはなんとか視線を彼女の目に戻した。

アイビーは夢を見ていた。どんな夢か覚えていないが、ライダーがいたことはたしかだった。ライダーが欲しい。半分目を閉じ、わずかに体をそらせたアイビーの胸のつぼみが急に固くなる。

「ああ」ライダーは苦しげにうめいた。

彼が突然青ざめ、体をこわばらせたのを見て、アイビーは完全に目が覚めた。「ライダー？」

なにか言わなくては。ぼくのなかの男が、服を脱ぎ捨て、彼女を奪えと叫んでいる。アイビーは炎だ。そして、彼はそのなかへ身を投げ、燃えつきてしまいたかった。だが、それはできない。いまのぼくは簡単に自分を失いそうで、あまりにも危険すぎる。

「会議に出かける。一時までには戻るよ」

「わかったわ」大胆に見つめられ、アイビーは顔を赤らめた。急にゆうべのことが嘘《うそ》のように思えて恥ずかしくなり、上掛けを取ってきまり悪げに体を覆った。「わたし……会議のメモをチェックしておくわ。ゆうべは疲れていたからできなくて」見えすいた嘘だった。本当はレストランでライダーに置き去りにされ、傷ついてみじめだったせいなのに。

ライダーの顔がこわばった。「そうしてくれ」

彼は自分の弱さと無力さを呪《のろ》い、振り向きもせずに部屋を飛び出した。いままで女性との関係はあったものの、アイビーが現れるまで、自分がどれほど弱いかわかっていなかった。アイビーは彼をひざまずかせたが、ふたりのしたことといえば愛撫だけだ。完全に愛し合っていたら、ぼくの魂はなくなっていただろう。アイビーを見ていると、自分が正気を失ってしまうのがわかる。彼女に言われればなんでもやりかねないし、残りの人生は自分だけではどうにもならない。こんなにも彼女を愛しているのだから。

ライダーは荒々しくドアをバタンと閉めた。

アイビーはなぜ彼が出ていったのかわからず、一日じゅう悩んだ。自分らしくないことをしたと、わたしのように後悔しているのかしら？　たぶん、彼に近づくべきではなかったのだ。でも彼のしてくれたことは、恥ずかしさに耐えた価値がある。アイビーは最後に感じた熱く激しい感覚を思い出し、声にならないうめきをもらした。それに、彼はわたしを見ていた。わたしがそうさせたのだ！

鏡を見たアイビーは顔を赤らめずにはいられなかった。恥ずかしがり屋のかわいいアイビーがぼくをベッドに押し倒すとはね、とライダーは言った。彼は信じられなかったようだし、わたしにも信じられない。けさまで、ライダーはいちばんの友人だった。でもいまは、なんと言っていいかわからない。友だち、未来の恋人、それともその中間だろうか。ライダーはまた口をきいてくれるかしら？　たぶん、彼も恥ずかしいのかもしれない。

彼だっていつもあんな姿を人に見せているはずはないのだから。

でも、あの人には女の人がいたわ。アイビーは急に気づいた。ライダーは彼女を夢中にさせる方法をよく知っていた。あの巧みで物慣れた触れ方。

アイビーはすべてが憎かった。彼に抱かれ、彼の体を受け入れた女性すべてが。

彼女は身震いした。あれほど力強く、完璧な男らしい彼が弱さを見せてくれた。いままでも覚えている。こぶしを握りしめ、力強い体をそらせ、震えていた彼。顔をゆがめてエクスタシーの声をあげる彼を。

アイビーの体が熱くなる。完全に愛し合うのはああいう感じだとライダーは言ったけれど、違うわ。痛くて、あわただしくて、少しもよくないものだわ。

でも、ライダーはゆっくりと時間をかけ、信じられないほどの喜びを感じさせてくれた。もしすべてを許したら、同じように快感を覚えるのかしら。

アイビーは熱くなってつばをのんだ。あの力強い体の下に横たわって、巧みな手と唇に触れられたら、どんな感じかしら？　わたしの体は弓なりになり、彼がたくましい腕で引き寄せる。緊張し、汗に湿った彼の顔。速い息づかい。あえぎ声がもれて……。

「まあ、なんてこと！」

アイビーはバスルームへ行き、シャワーを全開にした。ほてった肌に冷たい水しぶきが心地よかった。人生は急に複雑になってしまった。

9

その日はアイビーの生涯で最悪の日となった。ライダーは一日じゅう慇懃《いんぎん》な態度で、なにを怒ってあんなふうに部屋を出ていったのか、ひと言も説明しない。以前のよそよそしさが戻り、しかもなにかがくすぶっている感じで前よりも始末が悪いのだ。

アイビーにはわけがわからなかった。もしゆうべのことを後悔しているのなら、そう言うはずだ。それとも、堅苦しい事務的な態度でそう告げているのかしら？

アイビーは欲求不満で死にそうだった。ほんの一カ月前には欲望も満足も本当にはわかっていなかったが、それを知ったいま、女としてあらゆる意味でライダーを望んでいた。彼の夢を見て、痛いほどに彼を求めている。なのにライダーは、彼女の熱い目覚めに気づかないらしい。彼が近づくと震え、彼を見つめる瞳はすべてを語っているというのに。

仕事をしながらの短い昼食時間に、あした帰るとライダーに言われ、アイビーはこの先どう生きていけばいいのか途方に暮れた。あるいはこれでいいのかもしれない。彼はあまりオフィスにはいないし、顔を合わせなければ忘れられるだろう。先のことを考えてもしかたがない。

　アイビーは無表情なままライダーにおやすみなさいと言い、部屋に引き取った。しかし、燃えた肌に軽いナイティが触れるだけでうずきを覚えた。ナイティを脱ぎ捨てて冷たいベッドカバーの上に横たわり、ライダーに思いをはせる。長い髪が、欲望にほてった顔を黒く縁取っていた。自分の姿は見えないが、きっとみだらな様子だろう。でも、そんなことは構わない。冷たいカバーが、熱くうずいている体を少しは冷やしてくれる。起きて明かりを消すべきなのに、そんなことも気にならないほどみじめだった。

　そのとき突然ドアが開き、ライダーが入ってきた。黒いタオル地のローブだけを身につけた彼は、アイビーを見て厳しい顔をさらに険しくした。まっすぐな黒い髪が濡《ぬ》れている。彼は、シャワーを浴びてもアイビーを頭から追い払うことはできなかった。きょう一日、彼女から離れていようと努めてきたが、これ以上我慢できそうにない。アイビーの落ち着かない動きや速い息づかいが、前の晩と同じように聞こえたのだ。あるいは感じただけかもしれないが。最近、彼女とは波長が合っているらしいから。

　ライダーは激しい思いをこめてドアを勢いよく閉め、ローブを脱ぎ捨てるとベッドに近づいた。

　アイビーは身じろぎもせずに、昂然《こうぜん》と目覚めたライダーの体をじっと見つめた。彼も体を隠そうともしない。アイビーの隣に横たわると、彼は覆いかぶさるようにして、優雅な曲線を描く体に、しみひとつないピンクの肌に見入った。

アイビーは欲望に目がかすみ、燃える思いに身もだえた。「あなたが欲しい。ごめんなさい、でもどうにもならないの。あなたが欲しくてたまらないのよ、ライダー！　我慢できないの！」

「わかるよ、どんな感じか。いいさ。ぼくもきみが欲しいんだ」ライダーはアイビーの開いた唇に優しく唇を触れた。「少し慰め合えば眠れるだろう」

しかし、彼の手がアイビーの温かく柔らかな腹部へ滑ると彼女はその手をつかんだ。

ライダーは顔を上げ、熱っぽい彼女の目を見た。

「いいえ。わたしはあなたのすべてが欲しいの」

ライダーは歯を食いしばった。「アイビー……」

彼の目には抵抗の色が浮かんでいる。ライダーは古風なところがあるし、何年も前からわたしたち母娘《おやこ》を知っていて、保護者のような気持ちでいるのだ。だがいまは、彼の分別など欲しくない。

アイビーはシルクのような脚を彼の脚にからませ、体を寄り添わせた。手を彼の腕の下へ入れて柔らかな胸を彼の胸に押しつけ、もう一方の手で彼に触れる。

「お願い」唇を合わせたまま彼女はささやいた。あの悲惨な結婚以来初めて、ひとりの男性と親密な関係になろうとしていた。彼が畏怖《いふ》するようにおののくのを感じたアイビーはさらに身を寄せ、手に伝わってくる信じられないほど力強い鼓動に打ち震えた。

「わかった」ライダーはアイビーの髪をつかみ、彼女の顔を離した。「だが、あんなやり方じゃない。あんなふうにではない。先にきみを目覚めさせてくれ。愛し合うなら、きみを完全に満足させたい。そんなにあっけなく終わるものじゃないんだ」

アイビーは顔を上げて不思議そうに彼を見たが、彼の唇が迫ってきて胸毛のある温かな重みを胸に感じ、大きな手がゆっくりとおなかから腿へ滑っていくとまた横になった。

アイビーにも、ライダーの体にも性急な欲望が現れていたものの、彼は我慢強かった。

ライダーは急がずに温かく、じらすようなキスをする。片手でアイビーの胸のふくらみをもてあそんだが、うずくつぼみは避けていた。

「ああ、お願いよ」アイビーがせつなげに言う。

ライダーは意地悪く柔らかな笑い声をあげた。「もう？　始まったばかりなんだよ」

「死にそうなの」大きな黒い瞳が訴える。

ライダーは身をかがめて彼女の唇に触れ、欲望をあらわにした体を彼女に押しつけた。

「フランス人が〝クリマックス〟と呼んでいるやつさ。仮死状態になる。知ってたかい？」

「いいえ」アイビーは顔を赤らめた。

ライダーは彼女の顔に鼻をすり寄せ、その頬の熱を感じた。両脚を広げて力強い温《ぬく》もりのなかに彼女の脚を包み、胸の先に唇が届くように体をずらす。

「これが好きだろう？　ぼくもだよ。きみの胸は柔らかくて弾力がある。裸の胸にじかに感じるのが好きなんだ」

「ライダー」アイビーが震えながらうめく。

ライダーの唇がおなかから腿、ヒップへと滑っていき、アイビーを焼きつくす。彼の両手が腿のあいだに忍びこむと、彼女はかつて味わったことのない感覚を巻き起こされた。

ライダーはアイビーの鼻に優しく鼻をすり寄せ、彼女の閉じたまぶたに唇を触れてほほえんだ。両手がヒップから背骨の下をなで、彼女を引き寄せる。彼はアイビーの熱いうずきに手を触れると、顔を上げて彼女の目を見た。

「そう。きみは用意ができている。じゅうぶんすぎるほどにね」ライダーが優しくささやく。

アイビーにはなんのことかわからなかった。体は震え、唇は長く激しいキスで熱く、彼の頭の後ろに当てた指先は冷たい。「用意？」弱々しい声だった。

「ぼくを受け入れる用意さ。ぼくとひとつになるためのね。ぼくを包みこんでくれ、アイビー」

信じられないほどの官能的な快感だった。アイビーは彼を感じて息をのみ、温かい体を受け入れて震えた。一瞬痛みを覚え、体を硬くする。

「大丈夫」ライダーが優しくささやき、動きをとめてほほえむ。「ゆっくりとだよ。固くならないで。できるさ。力を抜いてごらん」彼の暗い瞳に不思議な勝利の輝きが浮かぶ。

「そう、そうだ！」

アイビーは彼の目を見て、自分が要求どおりにできたのを感じた。

ライダーは動きをとめ、息さえしていないように見える。顔をこわばらせ、高い頬骨を興奮に染めて、燃えるようなまなざしで彼女の目を見た。

「ああ、アイビー、ぼくはきみとひとつになっている！」彼は低く、敬虔《けいけん》な思いをこめた声で叫んだ。

アイビーも信じられない気持ちで唇を開き、ひとつに結ばれた自分たちの姿に頬を染めた。「わたし、バージンのような気がするわ」

「きみはわかっていないが、実際そうなんだ。ぼくも初めてのような気がしているよ。アイビー」ライダーはゆっくりと動きながら、彼女の体に激しい炎を燃え上がらせた。「そう、ぼくに合わせるんだ。感じるところを教えてくれ。それでいい、アイビー、そうだ！」

アイビーはライダーが震え始めるのを感じ、彼の目を見ながら両手を彼のヒップから平らなおなかへ動かした。ライダーが苦しげにうめく。

「アイビー」彼はしわがれた声でささやいた。「ああ、アイビー、我慢できない！」

アイビーは彼の熱っぽい荒々しさを感じたが、気にしなかった。彼女もすでに限界にきていた。無意識に彼のヒップに爪を立て、歯を食いしばる。

我慢できずにアイビーは叫び始めていた。もっと彼が欲しい、もっと。満たしてほしい……いま!

アイビーは震えた。そしてライダーに強く引き寄せられ、頭を後ろにそらせて歓喜の声をあげた。

彼が震えを帯びた低い声でなにかつぶやいているのがぼんやりと聞こえ、やがて彼も頭をのけぞらせ、声をあげた。アイビーは彼がつぎつぎとけいれんの波に襲われるのを感じ、すぐに彼女自身も耐えきれないほどの感覚に達した。

アイビーは肌にライダーの湿った肌を感じた。玉の汗をしたたらせ、彼女の胸に唇を当てている。彼もアイビーと同じく、なすすべもなく身を震わせていた。

アイビーの胸の鼓動はこれまでになく激しく打っている。あるいは、ライダーの鼓動と共鳴し合っているのだろうか? アイビーは彼の湿った髪に触れ、自分がまだ生きていることを確かめた。打たれたように彼女の体がしなる。しかし、熱が体のなかを通り、喜びを果てしないものにしてくれる。

アイビーは身動きし、ライダーを感じた。彼とはまだひとつになったままだ。

ライダーが離れようとすると、彼女は震える手で彼の腰をとらえ、抵抗した。

ライダーは顔を上げ、アイビーのうっとりとした大きな目を見つめた。「きみの体はいつまでも続けられる」ライダーが優しく疲れた笑顔を見せた。「だが、ぼくのほうは休憩が必要だ。また愛し合う前に、少し時間がいる」

その言葉にアイビーは体じゅうがぞくぞくした。愛し合う前に。そう。愛し合う、たしかにそんなふうに感じた。アイビーはライダーの顔に触れ、濃い眉をなぞった。

「そんな意味じゃないの」

「じゃあ、なぜだい？」ライダーが優しくきく。

アイビーは恥ずかしそうに彼の目を見た。「わたし……この感じが好きなの」

ふいに自分の体が反応を示し、ライダーは驚いて息をのんだ。

アイビーは興味深そうに彼の顔を見つめた。「だめだって言ったのに」

「そうかい？」ライダーはアイビーの上になり、ゆっくりと動いた。「さっきは死にそうだったよ。もう一度耐えられるかどうか、わからない」

「痛むの？」彼女にはよくわからず、顔をしかめた。

ライダーは欲望が高まるのを感じながらも笑った。「エクスタシーさ。仮死状態。きみはぼくに殺されるみたいだったな。激しくすすり泣くし、涙を……」

「よかったの」アイビーは彼を見つめながらささやいた。彼に合わせながら、また背筋に震えを感じ始める。「よかったの、とても……。ああ、ライダー、お願い……また感じさせて！」

今度は彼も待ちきれず、待とうともしなかった。激しく抱き合ったふたりに、突然あのすばらしい喜びが戻ってきた。

朝になった。アイビーがゆうべ最後に見たのは、彼女を抱きしめるライダーだった。彼は、激しい愛の営みのなごりでまだ少し震える手で上掛けをかけ、まぶたを閉じかける彼女を見守っていた。

アイビーが寝返りを打つと、ベッドは空だった。彼女はため息をついた。ライダーが出ていったのも知らずに眠っていたらしい。

アイビーは長い脚をベッドから下ろし、立ち上がって伸びをした。ふと見ると、シーツにしみがある。眉根を寄せ、とまどいながら息を吸った。

「これで、初めてのような気がしたわけがわかっただろう?」後ろから静かな声が聞こえた。

驚いて振り返るとライダーがいた。が、頭がまだ働かない。

「わからないのかい?」戸口からライダーが官能的な笑みを浮かべてきく。またもや彼は、すでにきちんと服を着て、明らかに出ていくところだ。

「なにが?」アイビーは恥ずかしそうにローブに手を伸ばしてそれを羽織った。

ライダーが近づき、彼女を優しく引き寄せる。「なぜ最初痛かったのか、がだよ」

アイビーは彼の目を探るように見ていたが、急に謎《なぞ》が解け、顔をまっ赤に染めた。

「そうなんだ。きみはまだ半分バージンだった。ぼくが最後の防壁を崩したのさ」ライダーの唇がアイビーの唇にじらすように触れている。「だから言ってみれば、ぼくはゆうべ、きみのバージンを奪ったことになる」

アイビーはうめき声をもらし、ライダーにすがりついた。「わたし、あなたに最初の人になってもらいたかったの。ああ、ずっとあなたが欲しかった。まだ一五のときからあなたを見ていたわ。そして夜、わたしのところへ来て愛してくれたらって、夢見ていたの！」

「え？」ライダーはしわがれた声を出した。

その顔がアイビーに自信を与えて、彼女は口ごもりながら言った。「あなたは知っていると思っていたけど。ベンにはそんなふうに感じたことはないって言ったはずよ。それは……それはあなたのことを思っていたかったから。彼も気づいていたわ」

「アイビー、きみは自分の言っていることがわかっているのか？　ぼくは知らなかった！きみがずっと、そんなふうに思っていたとは！」

「でも知っていたはずよ。あの夜からあなたはわたしを避けていたもの……」

「それはお互いさまだ。きみだってぼくを疫病神のように避けて、ベンのところへ逃げていったじゃないか」

「だって、望みがないとわかっていたから。あなたは、わたしが若すぎて、恋人というより妹のようだから欲しくなかった。それでわたしから離れていったのだと思ったわ。あのあと、デートに誘ってくれたのだって、あなたはわたしの気持ちに気づいて同情しただけだ、そう思ったの。だからベンに誘われたとき、ついていったのよ」

ライダーは息をつまらせた。「なんてことだ!」

「どうしたの?」

ライダーは口がきけなかった。息もできない。アイビーはぼくを求めていた。でもぼくの気持ちに気づかず、若すぎるから拒まれたと思いこんで、ぼくから離れ、ベンと結婚した。ベンは彼女がぼくを思っていると知っていて、彼女につらく当たったわけだ。頭がくらくらする。とても我慢できない。

「飛行機の予約をチェックしたり、片づけなければならないことがあるんだ」ライダーはぶっきらぼうに言った。「あとで会おう」

振り返りもせずに彼は出ていった。アイビーはその後ろ姿を見つめながら、心がずたずたになった。胸の内を告げたというのに、うんざりしたように出ていってしまうなんて。欲望だけだったから、もう満たされて、ややこしい愛などいらないというわけ? そうなの? 彼女の目に涙がこみ上げてきた。これからどうすればいいのだろう?

ライダーはわざと昼近くまでホテルに戻らなかった。仕事仲間に別れを言い、予約を再確認してから雨のなかを歩き、自分のやってきたことを真剣に考えようとした。なぜアイビーの気持ちに気づかなかったのだろう。なぜ、彼女の欲望が見えなかったんだ？

だが、その欲望こそがすべてなのだ、とライダーは悟った。たぶん、好意と熱情のまじり合ったものだろうが。ゆうべの彼女が感じたのはそれだけだ。ベンには一度も満たされなかったが、いまは女の喜びを知っている。ぼくがそれを教え、そして彼女はぼくのものになった。しかしそれは愛ではなく、好意と熱情と欲望にすぎない。だがぼくが求めているのは彼女の愛なんだ。

ライダーはホテルに戻って部屋に入った。そして、とまどった悲しげなアイビーの姿に気がとがめた。なんと言えばわかってもらえるだろう。彼女に触れるべきではなかったのだ。女として目覚めた彼女はこれからも充実した肉体関係を望むだろうが、そんなことはできない。単なる情事で片づけるには、ぼくはあまりにも彼女を愛しすぎている。

ライダーは帽子を脱ぎ、テーブルに置いた。「アイビー」傷ついた黒い瞳を薄い色の目で探りながら、彼は静かに言った。「話し合わなければ」

「そんな必要はないわ」アイビーは、けさ彼に拒絶されてから、なんとか取り戻したプライドをもって答えた。彼女は一日考え続け、結論を出した。唯一、最善の方法は、世慣れた振りをして、彼を解放してあげることだ、と。ライダーは結婚を望んでいないし、アイビーは情事を望んでいない。だから、ふたりにとってこの方法がいちばんなのだ。ばかげた振舞いはパリのせいにすればいい。「なにも言い訳はいらないわ」アイビーはライダーの顔に浮かぶおかしな表情を気にしないようにした。「あなたは欲望を感じていたし、わたしもそう。わたしたち……お互いに満たし合ったわ。それだけよ。わたしが面倒を起こすかもしれないなんていう心配はしないで」

ライダーは疲れきってため息をついた。どうしてそんなふうに言えるんだ？　互いの欲望を満たし合っただけだって？　ぼくはこれほど深く思っているのに。

ふたりの愛の行為を簡単に切り捨てられ、ライダーは腹を立てた。いいだろう、彼女にとってそれだけの意味しかないのなら、ぼくも自分の思いを打ち明けることはない。これはゲームにすぎないんだ。ライダーはあごを上げ、アイビーの青ざめた顔をじっと見つめた。あっさりした黒のドレスは彼女をよけい青ざめた感じにしているが、女王のように優雅だった。なんという美しさだ。ライダーは苦しげに思った。これからも、裸でベッドに横たわる彼女を忘れられないだろう。ぼくを喜んで迎えた唇も、からませてきた長く柔らかな脚、耳にこだました悦楽の声も。ライダーは大声でうなりたい気持ちだった。

「わかってくれてうれしいよ」彼は短く言った。

「わたしは大人よ、子供じゃないわ」アイビーは彼の目を避けている。「これからもいままでどおり、仕事があるわ。お友だちでいましょう。わたし……あなたを困らせたりしないわ」

「そんな心配はしていないさ。だが、ぼくたちの友情はもうなくなったんだよ、アイビー」

彼女は口ごもった。「そう？」

ライダーは苦々しく笑い、近ごろやめられなくなっているタバコに火をつけた。「わからないのか？」危険な色をたたえた目でタバコをくゆらす。「じゃ、教えてやろう。この先、ぼくを見るたびにきみは裸のぼくを思い浮かべる。そして、ぼくのほうも同じさ」

アイビーは赤くなり、膝の上で両手を握りしめた。「ほかの仕事を見つけたほうがよさそうね」

「その必要はない。来週からしばらく海外に行くから、会うこともないさ」ライダーがそっけなく言う。

アイビーは傷ついた目で彼を見た。「ライダー」

背を向けたライダーの表情は見えない。「そろそろ空港へ行こう」彼はほとんどいつもと変わらない声で言った。

「用意はできているけど、もう一度確かめてくるわ」

こんなに早く帰らなくてはならないなんて。アイビーは残念でしかたがなかった。パリを見たかった。少なくともエッフェル塔には行きたかったのに、仕事しかしていない。ドレッサーの引き出しを開けながら、顔を赤らめる。いいえ、それだけじゃないわ。彼女はベッドから目をそらした。

その記憶に体が反応し、アイビーは息がつまった。体じゅうがうずき、ライダーを求めている。もし彼が入ってきて、さっき言ったのは間違いだった、と言ってくれたら、どんなにいいだろう。深いため息をつきながら、最後にもう一度部屋を見まわす。パリは恋人の街だと言う。たしかに彼女とライダーも恋人になったが、たった一度だけ。もしそれが彼にとって特別な意味があったとしても、彼の態度は変わっていない。むしろ以前よりも感じが悪くなったかもしれない。

いったいなにを期待していたの？　永遠の愛と変わらない約束の告白？　そんなものを期待していたわけじゃないでしょ、どうせ手に入らないのだから。

パリから戻って以来、アイビーは幽霊のために仕事をしているのかしら、とたびたび思った。ライダーは帰ってきたその日にまた、黙って出かけてしまったのだ。少し不安な思いでオルバニーのオフィスへ行くと、副社長の秘書がライダーの伝言を伝えてくれた。一カ月留守にするが、自分が戻るまで手紙やファイル、電話の処理を頼む、ということだったが、それだけでほかにはなにもなかった。

イブがそばにいたら、その肩で泣かせてもらえたのに……。もっとも、原因はイブの兄なのだから、できない相談かもしれないが。母にはパリで起きたことなどとても打ち明けられなかった。母を愛してはいるが、あまりにも厳格で古い考えの人だから、わかってもらえないだろう。

アイビーは深いため息をつきながら郵便物に目を通し、これから先こんな気持ちでどうやって生きていけばいいのかと途方に暮れた。

悲しいのは、肉体関係を持つ前はライダーと友だちだったこと。火星にでも行かないかぎり、彼なしの人生など考えられない。そのうえ母は、相変わらず彼の最新ニュースを知らせてくるだろう。どこにも逃げ場はないのだ。

アイビーの食欲は落ち、トーストとブラックコーヒーとサラダだけの生活になった。世のなかのことに興味がなくなり、日増しに弱々しく、無気力になっていく。沈んだ気持ちが身を削っているようだった。

ジーンは当然、娘の様子に気づいた。「病院に行ったほうがいいんじゃない？」ある夜、心配そうに言った。

「疲れているだけよ」まだ七時だというのに、アイビーのまぶたは重くなっている。

「疲れている？　このところいつもそうじゃないの。座ったまま居眠りして、なにも食べないし……ああ、とても心配なのよ！」ジーンは泣きそうな声で叫んだ。

「本当のことを言えば、わたし、落ちこんでいるの」しばらくしてアイビーは悲しげな目を伏せて言った。「ライダーがいなくてとても寂しいのよ」

ジーンはほっとしたようだ。「そういうことなの」

アイビーがうなずく。「もう一カ月も留守なのに、手紙も電話もくれないの」彼女はいちばんつらいことを打ち明けた。「副社長の秘書を通じて指示をしてくるし、ファックスで手紙や契約書類を送ってくるけど、直接わたしには言ってこないのよ」

「パリでなにかあったの？」ジーンが優しくきいた。

アイビーは真っ赤になった顔を見られる前に、背を向けた。ジーンは簡単にはごまかされないし、こんな個人的な問題を母と話したくはない。

「ただ、彼は結婚したくないと言っただけ」

「かわいそうに」ジーンはすべてを察してため息をつき、娘を温かく抱きしめた。「でも覚えておきなさい。ほとんどの男性は結婚したがらないのよ。気持ちが変わるのに、ちょっと時間がかかることがあるの。あなたのお父さんもそうよ。結婚もそう悪くはないと思い直してからは、最高にしあわせな夫になったけど。あなたをとても愛していたわ」

「会いたかったわ」アイビーがため息をつく。

「会わせてあげたかったわ。とてもすてきな人だったのよ。なにか少し食べてみない？」

「食べてみるわ。あまり食欲がなかっただけなの」アイビーはテーブルに着いた。「変なのよ、ベーコンの匂《にお》いを嗅《か》ぐと気持ちが悪くなるの。胃が悪いのかしら」

「消化不良かもしれないわね」ジーンはひそかに、ベンは半年以上も前に亡くなっているのだから、と考えてほほえみ、夕食の支度を始めた。

それから三週間してライダーが帰ってきた。アイビーの吐き気はほとんどおさまったものの、夜の疲れはますますひどくなった気がする。食欲は相変わらずだが、ウエストが太くなってきたので心配するのはやめた。健康な証拠だと思ったのだ。

ある月曜日の朝早く、ライダーが思いがけずオフィスに入ってきた。アイビーはデスクからやせた顔を上げて彼を見ると、くもっていた目を輝かせた。

二カ月近く会わなかったライダーの目に、自分がどれほど変わって見えるか、彼女は気づいていなかった。ライダーの記憶にあるアイビーは、若々しい肌と輝く瞳をした健康で明るい女性だった。それがいま、ずっと重病だったように、髪と肌の輝きを失い、やせ細っている。アイビーは期待していたライダーの笑顔を見られなかった。それどころか、戸口で彼女を見つめたままじっと立っている彼の顔はひどく険しかった。

「なんてことだ！」ライダーは目の前の姿に呆然《ぼうぜん》とした。「いったいなにがあったんだ？」

「あら、別に」アイビーは立ち上がり、デスクの前にまわると無理に口もとに弱々しいほほえみを浮かべた。「お帰りなさい、ライダー」

ライダーはその場に立ちつくしたまま、持っていたアタッシェケースを床に置き、心配そうな顔をしている。

すぐに、彼の心配ももっともだということがわかった。アイビーは突然めまいを感じ、小さな叫び声をあげると吐き気を覚えながら倒れかかった。

10

ライダーはアイビーを抱きとめた。彼女はすぐに元気を取り戻したが、ライダーは顔をくもらせた。

「大丈夫よ」アイビーはそっとほほえんだ。ライダーが帰ってきた。これでなにもかもよくなる。喜んで彼にすがりながら、アイビーは愛をこめた目で彼を見上げた。「キスしてくれないの？」彼女は昔の親しげなからかい口調で言ったが、声が不自然で、目は恐れるというより訴えているようだ。

「そこでやめられる自信があればするけどね」ドアは半分閉まっていたが、ライダーは人が通るのを用心して低い声で言った。彼はアイビーの大きな黒い瞳を見つめた。「全然体重がないみたいじゃないか。なにも食べてないのかい？」

優しく低い声にこもる気づかいがアイビーには心地よかった。「風邪よ、たぶん。ずっと吐き気がしてて、いまは食欲がないの。おかしなことに、料理をしようとすると胃がむかむかするのよ」

ライダーは彼女が自分で言っていることに気づかないのが信じられなかった。子供はできないものと思いこんでいるのだ。しかしいまの話を聞けば、間違いなくつわりだ。妹が三回妊娠しているのでよくわかる。うれしい可能性を思い、頭がくらくらした。

「医者には行ったのかい？」ライダーは優しく言い、じっと答えを待った。

「母みたいね」アイビーが笑う。「行ってないわ。でも必要ないの。まだ疲れやすいけど、もう大丈夫。インフルエンザかなにかだったのよ」

「大丈夫のようには見えないがね」

「侮辱し合うつもりなら、あなただって疲れきった顔をしているわ」男らしい顔にはしわが増えているし、目の下にはくまがある。高価なコロンと石鹸《せっけん》の香りがする彼は、ひどく官能的だった。「美人との夜が長すぎたのかしら？」アイビーは無表情に言ったが、内心は知りたかった。

ライダーは彼女をにらんだ。「きみとの夜のあとで、別の女性に触れられるわけがないだろう」

その言葉に、アイビーの心臓が飛び出しそうなほど高鳴った。「本当？」

「本当さ」ライダーは身をかがめ、優しくアイビーの唇に唇を触れた。彼女はなんの疑いもなく彼を受け入れる。ライダーは低くうめき、アイビーを引き寄せると、デスクの端に腰を下ろして彼女を膝に抱え、息がつけなくなるまでキスをした。パリの夜と同じだった。

彼女が妊娠しているのはほぼ間違いなく、本人がそれを思ってもみないらしいことが愉快だった。ジーンは気づいているかもしれないが、アイビーがあの夜のことを母親に話しているとは考えられない。恥ずかしくて言えなかったのではないか。ライダーはひどく感激している自分に驚いた。アイビーが自分の子供を身ごもっていることが、踊りだしたいほどうれしいのだ。

だが、恥ずかしげに彼の帰りを喜んでいる顔を見ると、それを言う気にはなれない。まだだめだ。本人は妊娠できるとは思っていないのだから、まず医者へ行かせ、そのあとで彼女から聞いて驚いた振りをしよう。もし知っていたことがばれてしまったら、赤ん坊のためだけに彼女を欲しがっていたと思われるだろう。難しいが、なんとかうまくやりたい。まずは彼女に求愛することだ。性急な愛も、肉体関係もいけない。自分が誠実で信用できる男であり、深く愛していることをわからせなくてはならない。ベッドへ誘う前にするべきだったが、そんなことも考えられないほど正気をなくしていたのだ。ありがたいことに、慎重にやればまだ間に合う。

ライダーはアイビーに鼻をすり寄せ、ほほえんだ。「すてきな歓迎だったよ。きみのうちへ夕食に行ってもいいかい？」

「もちろんよ！　キム・スンもね」

「キムは休暇で両親のところへ行っているよ。二週間は戻ってこない。ついてるな」ライダーはいたずらっぽく笑った。

「恋しいくせに」

「きみを恋しく思ったのとは比べものにならない」ライダーはまたアイビーに優しくキスをし、固い胸に彼女を抱きしめた。「世界が灰色だったよ」

「ここも同じよ、あなたがいなかったから」アイビーはライダーの首にかけた腕に力をこめ、激しくキスをした。「わたしたち、いっしょに寝られる？」

ライダーは体をこわばらせた。頬を合わせ、アイビーを揺する。「そうしたい。どんなにそうしたいか！　ぼくたちは初めからやり直さなければならないんだ。手を握ったり、映画に行ったり、デートをしたり……そういうことから」

アイビーはライダーに身を寄せた。まさか、この人……。でも、顔を上げて彼を見ると、間違いない。約束をしているのだ。なんの約束かはわからないが、そんなことはどうでもいい。彼が戻り、わたしといっしょにいたがっている、それが重要なのだ。

アイビーは自分の気持ちを素直に口にした。ライダーは、足が宙に浮いたような彼女と同じくらい夢見心地で、信じられないという顔をしている。

「よくあなたとのデートを夢見ていたわ」

「ぼくにも夢があった。それをパリできみはほとんどかなえてくれた」ライダーはアイビーの赤くなった顔にキスをした。「恥ずかしがることはないよ。あんなにすばらしかったのは初めてだ」

「そう、でもあなたはいろいろ経験しているわ」

「あんな経験はふたりとも初めてだよ」ライダーが力をこめて言った。目が燃えている。

「いろいろな意味できみは初めてだった。覚えている？」

もちろん、覚えている。思い出がどっとよみがえってきて、アイビーはライダーの腕のなかで震えた。

「こんなことを持ち出すのはよくないな」ライダーは自分の言葉に刺激され、うめいた。タバコに火をつけるためにすばやく立ち上がり、アイビーを下ろした。「すまない。だが、どうしようもないんだ」

アイビーはデスクに寄りかかり、自分がどれほど簡単に彼をその気にさせられるかということが証明できてうれしかった。彼女はうっとりとした目をライダーに向けた。「でも、わたしたち、またできるんじゃない？」

ライダーがかぶりを振る。「まだ、だめだ」

「いつかは？」アイビーがしつこく言う。

ライダーはおかしそうに笑った。「いつかはふたりとも、そうなる以外ないよ。だが、お互いに知らなければならないことがたくさんある」

「あなたにそんな時間がある？」アイビーがいたずらっぽく言う。

「つくるさ」ライダーは目を細めた。「きみを大事に世話するつもりだよ、ミス・マッケンジー」

「わたしには世話が必要みたいな言い方ね」

「違うかい？　現にきみはひどくやせているよ」

「あなたが恋しくてやつれてしまったのよ」アイビーは本当のことを冗談のように言った。

ライダーにはすぐわかり、かすかにほほえんだ。

「ぼくは戻ってきたし、もうどこへも行かないよ。だから餓死する理由はまったくない」

「ベーコンだけはいや！」アイビーは顔をしかめた。「なぜかわからないけど、気持ちが悪くなるの」

ライダーはベーコン嫌いの小さな命を思い、胸をふくらませた。自分もベーコンが嫌いだとは、まだ言うわけにはいかない。息子にしろ娘にしろ、彼の好みを受け継いだのは間違いなかった。

その夜、アイビーはベーコンの代わりにハムを焼き、ポテトサラダと自家製のロールパンを添えて、デザートはライダーの好きなペカンパイにした。ジーンにからかわれたが、今回は取り合わなかった。アイビーはしあわせに輝いていた。

ライダーは何週間ぶりかで食欲が出て、すっかり料理を平らげた。彼もいくらか体重を落としていたのだ。アイビーの晴れやかな顔を本当に自分のものだと感じ、彼は柔らかな唇に目をとめた。彼女は灰色がかった白のあっさりしたドレスに、カラフルなバーガンディー色のスカーフを着けている。見覚えのあるそのスカーフは、たしかにアイビーに似合う。ライダーはそれを着けた彼女が好きだった。

アイビーも彼の姿に満足していた。白のタートルネックのシャツにツイードのブレザー、それに黒のスラックス。どきどきするほどハンサムだ。

デザートのあと、ふたりのあいだの空気が変わったのを感じたジーンはあと片づけを引き受け、アイビーとライダーを居間へ追いやった。気をきかせて部屋を仕切るドアを閉め、にやりとする。

「エプロンを着けたキューピッドだな」ライダーが満足そうにつぶやく。

「弓矢がないけどね」アイビーははにかんだ。

「パリのことを知られてなくてよかったよ。あるいは見抜かれているかもしれないが」ライダーはアイビーの恥ずかしそうな様子を好ましく思いながらほほえみかけた。手を伸ばし、優しく彼女を引き寄せる。「たいしたことはしないよ。いまはキスだけだ。手に負えなくなるとまずいだろう?」

「いいえ」アイビーがライダーに身を寄せる。

彼はおかしそうに笑い、彼女のヒップを近づけないようにした。「そうだな」彼もしかたなく賛成する。「だが、ここではだめだ。今夜はいけない」

アイビーは彼の腕の下に腕を滑りこませ、頬を薄手の白いシャツに当てた。彼の鼓動の高鳴りを感じる。彼の体は温かで力強く、腕をまわしていると心からの喜びを覚える。

「ずっと眠れなかったわ」アイビーは暖炉を見つめながら思わずつぶやいていた。この古い家では電気ヒーターがじゅうぶんにきかないので、暖炉も燃やしている。あまり効率はよくないが、小さな居間は暖まり、しかも、炎が美しい。

「ぼくもあまり眠れなかったよ。ほかの女性がいたわけじゃない。きみが恋しかったんだ。きみを夜明けまで抱いているのが癖になってしまったのさ」

「しーっ」アイビーは心配そうにキッチンのドアをちらっと見た。「母に聞こえるわ。ぶたれたくないでしょう」

「まったくだ」ライダーはアイビーの頭の上でくすくす笑っている。彼の腕に力がこもった。「しかし、きみもぼくと寝られなくて寂しかったろう?」

アイビーはうなずいた。目を閉じ、ため息をつく。ライダーはわたしをとても女らしい気持ちにさせる。たまに男性に寄りかかれるというのはいいものだ。ベンはほとんどいつも彼女に寄りかかっていた。

「静かになったね。なぜだい?」ライダーがきいた。

「ベンのことを考えていたの。彼はわたしに頼ってばかりいたわ」ライダーが体をこわばらせたのを感じ、アイビーは付け加えた。「あなたにもたれていられるのは、なんてすてきなのかしら」

ライダーはまたリラックスした。「ベンについてはきみが知らないことがあるんだ。隣に座ってくれ、アイビー。ぼくたちが先へ進む前に、きみにはすべて知っておいてもらわなければならない」

ライダーの声と表情が真剣だったので、アイビーは彼の膝から下りた。ライダーは使い古したカウチの上にアイビーと並んで座り、頭の後ろで手を組むと話し始めた。

「ベンの父親は衝突事故で死んだんだ。ぼくが建設現場から書類を持ってくるように頼んだせいだ。彼はぼくのデスクの引き出しにあったスコッチウイスキーを飲んで、ひどく酔っていた」ライダーは彼女を見なかった。まだこれからだ。「それからだよ、ベンの生活がめちゃめちゃになったのは。ベンが飲み始めたのはそのためなんだ。だからきみの結婚がうまくいかなかった責任は、ぼくにもあるのさ」

アイビーはしばらく身動きもせず、自分の罪悪感と母のアドバイスについて考えていた。ライダーはまだ問題を正面から見ていない。わたしが助けてあげなければならないのだ。過去から開放されたいまのわたしなら、それができる。

アイビーは手を伸ばし、彼の手を優しくなでた。「だれのせいでもないわ。ベンはたぶん、お父さんの死が原因で飲み始めたのかもしれない。でも、自分で決めたことよ。だれでもみんな自分で道を選ぶわ。そしてときどき間違った道を選んでしまう。ベンがそうだったのよ。わたしも。わたしは生き続けなければならないし、あなただってそうだわ。後ろを振り返ってもしかたがないの。いくら後悔しても、すんだことは変わらないのよ」

ライダーは顔をしかめ、鋭い目で彼女を見つめた。

「母がわたしの後ろめたさを忘れさせてくれたの。よくよく考えてみたわ。わたしはベンを裏切ったけど、彼はわたしといる必要はなかったし、飲むこともなかった。それは彼が決めたことなのよ」

ライダーはアイビーの指に指をからませた。「ぼくの胸に、ずっとこのことがあった。いつもぼくたちのあいだに立ちはだかっていたんだ。きみはぼくを責めると思っていたのに」

アイビーはほほえんだ。「あなたを責めることなんてなにもないわ。エッフェル塔を見る前に、パリから連れ戻されたこと以外はね」

ライダーはほっとして柔らかく笑った。「まったくそうだったね。すまなかった。あのときはどうかしていたんだ」

「どうしてあんなに突然帰ることにしたの？」

「わからないかい？」ライダーはアイビーを膝に抱き上げ、彼女の頭を腕にのせた。「あそこにいたら、ぼくたちはいつまでも離れられなかった。帰ってくれれば、ジーンがいるからね。いまもだよ」

言う。

「ええ。でもキムが留守だから、あなたの家にはだれもいないわ」アイビーがゆっくりと言う。

ライダーはほほえんだ。「家には連れていかないよ。ジーンがいやがる。きちんとした人だからね。それに、ぼくもきみに変な噂《うわさ》を立てさせたくない」

「古いのね」アイビーは小声で言った。

「そのとおり。魅力的な黒い瞳のブルネットがぼくを狂わせないかぎりは」ライダーはそっと彼女にキスをした。「きみを妊娠させられたらいいんだけどね、アイビー」ひそかな笑みを浮かべて彼は官能的にささやき、返事を待った。

アイビーは体を震わせた。ささやきにのどをくすぐられ、彼女はその言葉に反応した。手を伸ばし、彼の顔を引き寄せて、飢えたように唇を重ねる。「わたしだって。ライダー、わたしだって！」

ライダーの腕に力がこもり、静寂のなかでキスはいつまでも熱く続いた。魔法がふたりを包みこんでいく。アイビーは刺激を受け、彼の大きな手をつかんで自分の胸に持っていった。

ライダーは手を引っこめようとしたが、アイビーが押さえて放さない。

「こんなことはよくない」彼の声はかすれていた。

「いいえ、いいのよ」アイビーは唇を重ねたままささやいた。腕を彼の首にまわし、胸を熱いてのひらにさらに近づける。「服を脱がせて。いま、ここで愛し合いたいのよ！」

「ああ、もうだめだ！」重ねた唇が燃えている。ライダーはストッキングに包まれたアイビーの脚に手をやり、ドレスの裾《すそ》から柔らかく温かな腿へ滑らした。「アイビー……」

そのとき、なべやフライパンのぶつかる音がして、ジーンが近くにいることをふたりに思い出させた。

ライダーは顔を上げ、しぶしぶ手をウエストに戻した。アイビー同様息が荒く、体を震わせている。

「わたしのこと、本当にふしだらだと思うでしょうね」彼女は震える声でささやいた。

「でも、いいの。ほかの人には絶対こんなふうに感じないもの」

「そう願っているよ」ライダーは激しい欲望を感じながら優しく言い、ほほえんだ。特に妊娠しているいまは、と付け加えたかった。彼はアイビーの長い髪を後ろへなでつけてやった。「それに、ふしだらなんて思っていないさ。肉体関係に健全な反応を示す、普通の女性だと思っている。身をまかせてくれるほどぼくを信じてくれて、うれしいよ」

「あなた、そんなにわたしが欲しい？」

「ああ、欲しい」静かな声に欲望のあえぎがあった。

アイビーはライダーにもたれ、荒いツイードのブレザーに頬を預けて目を閉じた。「立ちたくないわ。立たなければいけない？」

「お母さんが誤解するよ。しばらく用心しよう」

「わかったわ」アイビーがソファに座らされてすぐ、ジーンがトレーにコーヒーをのせて入ってきた。ジーンは寄り添って座っているふたりをにこにこ顔で満足そうに見た。しかし満足はしても、ジーンは付き添い役を返上せず、ライダーがやってくると、ふたりのそばを離れなかった。

ライダーは自分の家に行こうとは決して言わなかったし、あまりふたりきりでいないように気をつけた。一方でアイビーに花を送ったり、声が聞きたいからと言って夜遅く電話をかけたり、自分だけが知っている彼女の体の秘密を思って喜んでいた。ときどき、通りで会う人ごとに、彼女はぼくの子を身ごもっているんです、と言いふらしたくなってしまう。彼女を見ているだけで顔がほころび、その美しさ、身ごなし、彼といるのがうれしそうな様子に喜びを感じ、このうえなくしあわせだった。

アイビーは相変わらずライダーのところで働いていたが、おかげで彼はなかなか仕事に集中できなかった。彼女から目をそらすことができないのだ。

あるとき、客の建築家がオフィスを出ていったあと、デスクに座っていたアイビーは、ライダーに見つめられていたことを知り、ひそかに喜んだ。

ふたりのオフィスを仕切るドアに肩をもたせかけたライダーが、ほほえみながら片方の眉を上げ、あからさまに見つめている。「きみは魅力的だ」彼は低い声で言った。「顔色が戻ってきているね」

「気分もよくなっているわ。ただ、いつも眠いけど」

ライダーは早く彼女を医者に連れていき、順調だということを確かめたくてたまらなかった。しかし時間をかけ、うまくやらなければならない。ふたりの人生は彼の行動にかかっているのだ。あわててはいけない。だが、これ以上待つこともできなかった。

「きょうはまだ予定があったかな？」

アイビーがカレンダーを確かめた。「あしたまではなにも。お出かけ？」

「ぼくたちふたりでね」ライダーは副社長に電話し、アイビーと出かけるのであとをよろしくと頼んだ。

「でも、どこへ行くの？」ライダーの車が出発するとアイビーがきいた。

「コロモキ塚だよ」ライダーが言ったのは、ロウアー・クリークの先住民の祖先が住んでいた場所だった。その巨大な塚の群れは、夏には観光客と考古学を学ぶ学生が訪れるが、冬は人気がない。

「時期が悪くない？」アイビーは口ごもった。

「ぼくたちの目的には悪くないさ。きみ、神殿基壇に登れるかい？」ライダーが穏やかな目で彼女を見る。

草深い塚の頂上までは一六メートル近くあり、コンクリートの階段と金属製の手すりがあるとはいえ、登るのは大変だった。

「登れると思うわ。なぜそんなところへ行くの？」

「キムが帰ってきたからね。ほかにふたりきりになれるところがあるかい？」

アイビーは赤くなった。彼の声には彼女をわくわくさせる響きがあった。きょうのアイビーはチェックの長いウールのスカートに白のブラウスとブルーのセーターで、幸い、靴はいつものハイヒールではなく黒のフラットシューズだ。ライダーを見ると、いつものように、彼女の色と釣り合いがとれたダークブルーのスーツを着ている。

「ふたりとも、山登り向きの格好ではないけど」

「草の上を転げまわる格好でもない。だけど、上に着いたらそうしよう」ライダーはあたりまえのように言い、彼女に悲しげなほほえみを向けた。「それとも、きみはぼくたちがお互いに触れもしないで座っておしゃべりができると思うかい？」

アイビーはシートに頭を預け、熱のこもった目でライダーを見つめた。「できないと思うわ」

「ぼくもさ」ライダーは彼女の手を取り、官能的に指をからめた。「手に負えなくなっても、優しくするからね」

「あなたが……そうなるかしら？」アイビーはかすれた声で答えた。いままで抑えてきたのは、ライダーのほうなのだから。

ライダーは塚への道に車を入れながら彼女をさっと見た。「きみがそう望むならね」

ライダーの言葉はずっとアイビーの心を離れなかった。塚は赤い土の道路際にあり、荘厳な印象を与えた。小さな塚もあるが、聖堂塚は木立の並ぶ周囲を見下ろし、平野にそびえている。踏み荒らされていない地面にはアザミが群れをなしている。アイビーはこのあたりまで観光客向けに俗化されないように願った。ここへ来て静けさを味わい、春や夏には鳥のさえずりを聞き、暖かな季節に野生の花を見れば、三〇〇〇年の昔に帰るような気がする。いま、木々は葉を落とし、草は枯れて幽気が漂っている。だいぶ前に公園の管理人の車を追い越したが、あたりにはまったく人影がない。

ライダーはアイビーの手を取り、滑らないようにゆっくり慎重に階段を上った。アイビーは彼がなぜそれほど気づかうのかわからず、あきれるほど過保護だと思ったが、うれしくもあった。

息を切らして頂上にたどり着くと、ライダーが彼女を守るように腕をまわし、ふたりで景色を眺めた。

「ここからなら、どこまでも見えるわ」

「そうでもないよ。木が多いからね。西から登れば、なにも邪魔するものがないから何千キロも見えるよ」

アイビーがライダーを見上げる。「アリゾナは楽しかったわ」

「そうだね」ライダーはアイビーを抱いたまま、彼女のうっとりした顔を見下ろした。「愛しているよ、アイビー」彼は優しく言い、キスをした。

ライダーにすがったアイビーの目から涙があふれ出る。その言葉が震える体のなかをはねまわり、こだまし続けた。

「そんなはずないわ」彼女の涙がライダーの唇を濡《ぬ》らした。「まさか、あなたがそんな言葉を……。わたしは夢見たんだわ！」

「言ったよ」ライダーはアイビーのまぶたに唇で触れ、塩からい涙を流している目を閉じさせた。「夢じゃないよ。ときどきぼくは、きみが現実じゃないように思えるけどね。一八のきみを愛していたけど、きみは若すぎる気がしたし、初めてキスしたときにぼくはやりすぎてしまった。二、三年待ってもう一度試そうとしたけど、ひどく怖がらせていたから、きみはベンのもとへ逃げてしまった」ライダーは彼女の顔を見つめ、苦いため息をついた。「きみが彼を愛していると思った。だから葬儀のあと離れていたんだ。きみのそばにいたくて秘書の仕事を持ちかけたが、自分の気持ちをどう打ち明けようかと悩みながら、何度も寂しい夜を過ごしたよ」

「ああ……ライダー！」アイビーの声は途切れ、涙が顔を濡らした。「愛してたわ……あなたが欲しかった。あなたのために生きていたのよ。ベンは知っていて、あなたを憎み、わたしを憎んだの……」

ライダーの目が強い光を放ち、唇が彼女の唇に重なって言葉をかき消した。彼はアイビーを求めるあまり、体のことも忘れて彼女を引き寄せ、何年間もの思いをこめてキスをした。アイビーがぼくを愛している。愛していると言ったのだ！

「知らなかったの？」

「ああ。そんなふうに思ってくれているとは夢にも思わなかった。パリで、ぼくを欲しがらせることはできるとわかったよ。しかし、それではじゅうぶんじゃなかった。あそこまで行くつもりはなかったのに、あまりにも長く、たまらないほどきみを欲しいと思っていたからね。後悔はしていないが、あのとき、お互いの気持ちを知っていればよかったよ」

「いまは知っているわ」アイビーはせつなげに言った。「お願い、わたしと結婚して。もうあなたを拒めないし、同棲《どうせい》は母がいやがると思うの」

衝撃にライダーの体が震えた。どう切り出そうかと悩んでいたのに、アイビーに先を越されてしまったのだ。危うく笑い声をあげるところだった。

「そうしたいのかい？」ライダーが優しくからかう。「ぼくの妻になって、ぼくと暮らしたいの？」

「そうよ」アイビーは熱っぽく言った。「よくあなたのお世話をするわ、ライダー。料理をして……。あ、キムとふたりでね」キムとは馬が合うから、きっと楽しいだろう。「病気のときは看病するし、夜はとても優しく愛してあげるわ」

ライダーの胸が激しく高鳴った。アイビーの柔らかな瞳を見つめ、うずくような優しさでキスをする。愛し、愛され、だれかのものになるという新鮮な思いに、体が震えた。

「ぼくも同じくらい優しく愛すよ」ライダーは自分の高まりをアイビーに感じさせながら唇を重ね、彼女を抱きしめた。「ここがもう少し暖かければいいんだが」冷たい風がふたりを襲った。彼が望むように愛し合うには、風はあまりにも冷たすぎる。

「本当ね。ライダー、車をどこかにとめたら……」

ライダーは不満げに顔を上げ、アイビーの愛らしい顔を見た。たまらなく彼女が欲しい、それもいますぐ。しかし、せっかくの愛を台無しにしたくはない。「いや。そんなのはだめだ。きみを愛しているんだ、ちょっと車のなかでなんてできない」彼はアイビーの腰を放し、悲しげに彼女にほほえんだ。「そう、ぼくはその気になっている。それがどれだけつらいか、きみもわかるはずだ」

「パリでもそうだったわ」アイビーは赤くなった。

「なぜだか、よくわかってないんだろう？」ライダーが優しく言って、大きな手で彼女の顔をはさみ、頬をすり寄せる。「アイビー、きみを愛しているとわかった日から、ずっと女性はいなかったんだ」

アイビーは少し身を引いた。「二年って言ったわね」ささやくような声だった。

「嘘《うそ》なんだ」ライダーはアイビーの背中で両手を組み、ゆっくりと彼女を左右に揺らした。

「五年だ」

「まあ、それじゃ、あたりまえ……」

「ああ。抑えきれなかったのもあたりまえさ」ライダーは罪深い喜びにゆっくりとほほえんだ。「そして、まだきみの知らないことがある」

「なあに？」

「アイビー、きみはなぜ子供ができないなんて言ったんだい？」

「だって、できないんだもの」暗い目で彼を見つめ、アイビーは悲しげに言った。「ベンとのあいだには一度もできなかったわ。どこかいけないのよ。でも、それがそんなに大事なこと？」

ライダーはアイビーを揺らすのをやめて彼女の手を取り、そっと平らなおなかに当てた。薄い色の瞳はたまらなく優しい。「感じる」

アイビーはわけのわからない顔をしている。

「吐き気、眠い、疲れる。ベーコンの匂《にお》いがいや」ライダーが優しくほほえむ。「ぼくはベーコンが大嫌いだ。この子もさ」彼は両手をアイビーのおなかに押しつけた。「パリでできたんだよ、アイビー」

アイビーは驚きに目を丸くし、口をぽかんと開けた。やがて彼女のなかに喜びがわき上がってきた。涙があふれ、ライダーに体を押しつける。夢のようなできごとになにも見えなくなり、震えながら彼にしがみついた。

「本当に知らなかったんだね？」ライダーはすっかりうれしくなって笑い、腕に力をこめた。「そう、ぼくはきみと結婚するよ、ミス・マッケンジー。急いだほうがいいな。おなかが目立たないうちに」

「信じられないわ。すばらしすぎて。夢にも思わなかった……」アイビーは心配そうな顔で身を引いた。「でも、もし妊娠じゃなかったら？」

「女性が月に一度あるものはどう？」

アイビーが愕然《がくぜん》とする。「まあ、わたしは興奮したせいだとばかり思っていたわ」

彼の目がいたずらっぽく輝いた。「もちろん、興奮のせいさ」おもしろそうに言う。

アイビーはライダーの胸を軽くぶった。「絶対に忘れないわ。もしそうだとしても、あなたのほうが先に知っていたなんて！」

ライダーがくすくす笑う。「きっとそうだろうね」彼はアイビーに優しくキスをした。「医者に行こう。きょうの予約を取るんだ。だが妊娠していようとしていまいと――ぼくは間違いないと思っているけどね、結婚しよう。ああ、愛してるんだ！」その熱い思いは彼の瞳のなかにも、顔にも、彼女を抱く腕にも表れていた。

「わたしも愛しているわ」ライダーの唇を自分の唇に引き寄せながら、アイビーはささやいた。「ああ、でも、赤ちゃんができていてほしい」

11

　やはり、赤ちゃんはできていた。ライダーは会社の専属医師のところへアイビーを連れていき、とんでもない口実をでっち上げて、彼女を早く診察してもらえるようにした。一時間もたたずに、医者は、ほとんど間違いないが詳しい検査をしましょう、と言った。

「待ち望んでいたお子さんらしいですな」診察結果を待つふたりに、医者が言った。座っているアイビーの横でライダーはひざまずき、ほっそりした手をしっかり握っている。

「望んだどころじゃありませんよ」ライダーはアイビーを見つめながら、ハスキーな声で感慨深げに言い、顔を赤らめた彼女にほほえんだ。

「いい産科医を紹介しますよ。これからは体に気をつけてください。検査は確認にすぎませんが、予約をしておきましょう」医者が眼鏡越しにふたりを見た。「これは、現代ふうのやり方なんでしょうな？」

「あら、違います」アイビーははっきり言った。「わたしたち、結婚するんです」

「五年間の禁欲生活が男にとってどんなものか、彼女に説明してもらいたいですよ」ライダーがにやりとする。「式の前にこうなったのもそのせいでね」

「戦争にでも行ってたのかな？」医者はおかしそうに笑った。

「彼女に夢中だったのに、手が届かなかったんです」ライダーの表情は険しかった。「いまはぼくのものになりましたがね。もう決して放さない」

「彼女も離れたがっていないわ」アイビーは、呆気《あっけ》にとられている医者にまじまじと見られても平気だった。

翌日、ふたりは検査の結果がはっきりしてから、ジーンに妊娠を報告することにした。ライダーがオフィスから家までアイビーを車で送り、居間へいっしょに入っていくと、ちょうどジーンの見ていたメロドラマが終わるところだった。

「わたしたち、お話があるの」アイビーが言った。

「わかっていたわ。ゆうべ、どうしてそんなにそわそわしてるのってきいたとき、はぐらかしたから」ジーンはうれしそうだ。「察しはついているの。先取りして悪いけど、あなたたち、結婚するのでしょう。おめでとうって言わなきゃね」

「それが……もう少しこみ入っていて、悪いんですが」ライダーはいかにも気弱そうに言い、ソファにジーンと並んで座ると、アイビーにそっくりの手を取った。「赤ん坊が生まれるんです」彼の薄い色の瞳にも、ほほえみにも、感無量の喜びがあふれている。

「そんなこと、できるわけがないわ」ジーンが言う。「子供ができない、という意味よ」

「でも、妊娠しているんですよ」ライダーはにやりとした。「ジェイムスン先生から検査結果が届いたばかりですからね」

「なんてすばらしいの！」ジーンは叫んだ。「ああ、アイビー！」うれしい驚きに顔がほころんでいる。

アイビーもソファに座り、泣きながら母を抱きしめた。「信じられないでしょう？　何年もずっと、だめだったのに、初めてライダーと……」自分がなにを言いかけたのかに気づき、彼女は顔を真っ赤にした。

ジーンは娘とライダーの赤くなった顔を見て、顔をくもらせた。「パリで？」

「パリで」ふたりは同時にため息をついた。

「結婚もしていないのに！」

「来る途中、結婚許可証を取ってきたし、すぐ結婚しますよ。それならいいですか？」

ジーンはライダーをにらんだ。「ふたりとも、お仕置きしなきゃ」

「愛しているんです」ライダーは温かい目でアイビーを見た。「気持ちを打ち明けるまで、五年間も待ったんですよ」彼は肩をすくめた。「思ったより、生々しい打ち明け方になってしまったけど」

ジーンはそれ以上言い争わなかった。「五年も待ったのならしかたないわね。まあ、わたしったらこの子が朝食のたびに青くなっていたのに、一度も疑わなかったなんて。早寝するようになってもよ」

「ふたりとも全然疑わなかった。特にわたしはね」アイビーが笑う。「ライダーが教えてくれたのよ。自分ではどこが悪いのか、さっぱりわからなかったの」

ジーンは口笛を吹いた。「一生忘れられないわよ。子供に必死で説明しているあなたの姿が目に浮かぶようだわ」

「おばに双子を産んだ人がいるんだ」ライダーが考えこみながら言う。「きみの家族にはいるかい？」

「わたしの祖母には双子がいたわ」ジーンが思い出した。「ハリー大おじさんとトッド大おじさん」彼女は娘に言った。

「双子ならすてきね」アイビーはライダーに笑顔を向け、ため息をつく。

「双子でも三つ子でもかまわないよ」ライダーがつぶやいた。「一卵性ではないけど、双子よ」

アイビーの目を見つめながらゆっくりと言う。

「死ぬほど？」アイビーは夢見るようにほほえんでいる。

「しあわせすぎて死ななければ、という意味だよ」

ジーンは笑ってライダーを抱きしめた。「あなたの気持ち、よくわかるわ。息子として歓迎するわ」

ふたりは翌日の午後に結婚した。その夜、ライダーの寝室で彼に抱かれたアイビーは、体をすり寄せ、結婚式を思い返した。

「とてもすてきだったわ。たくさんのお花や花嫁付き添い人《ブライズメイド》のイブ、それに彼女の子供たちのフラワーガール」

「それに、世界一きれいな花嫁」ライダーは彼女にとびきり優しいキスをした。ふたりともナイトウエア姿だが、ライダーは愛し合おうとしなかった。アイビーは、なぜなのか知りたかった。

「あなたは花婿にしてはずいぶん冷たいわよ」柔らかな明かりのなかで、アイビーは彼にほほえみかけた。「三日前、先住民の塚でわたしを誘惑しようとした男性と同じ人かしら?」

「二日前だよ」ライダーが訂正する。「そう、同じ男だ。しかし、結婚式のあとだし、イブやカートたちを空港まで見送りに行って、きみは疲れている」

アイビーは寝返りを打ち、さらにライダーに近づくと、柔らかな手で彼のおなかに触れ、濃い胸毛をもてあそんだ。

ライダーは体を震わせ、息をのんだ。

「わたしは、すべて演技かと思ったわ」アイビーは唇を彼の裸の胸に近づけた。

ライダーは彼女の手を自分の体に導き、片脚を彼女の脚のあいだに滑りこませた。「そっとだ」苦しいほどの欲望を覚えながら、彼がささやく。「そっとだよ。赤ん坊がいることを忘れないで」

「ええ」ライダーに愛撫《あいぶ》され、胸のふくらみにキスをされて、アイビーは、彼をうっとりと見つめて愛情のこもったキスを返した。

アイビーは、愛し合うことがこんなにも優しく、深いものだとは知らなかった。ライダーは彼女を静かに目覚めさせてくれる。アイビーが震え、すがりつくと初めて、彼は優しく体を合わせ、甘くゆっくりとした愛の営みを始めた。

ライダーのたくましい体の温《ぬく》もりに満たされたアイビーは、激しい欲望のうずきに震えながら目を開け、彼の目を見つめた。

ライダーがアイビーの背中に片手を当てて彼女を引き寄せ、自分の欲望の強さに苦笑する。アイビーはもう最初のときのような苦痛は感じなかった。

「痛くないわ」アイビーは震える声で言った。

「そのはずだよ」ライダーが彼女の唇に唇で触れる。「パリのときはバージンのようなものだったからね。いまは完全にぼくのものだ。ぼくたちはぴったり合う。手に手袋をはめたようにね」

そのぴったりの形容にアイビーは思わず息をのんだ。ライダーがさらに体を近づける。信じられないようなひとときだった。アイビーはライダーの体を感じながら、ずっと彼の目を見つめていた。固い胸に触れ、喜びに襲われて、ふいに体をすり寄せる。

アイビーの口から低いうめき声がもれ、瞳がかすんだ。相手の喜びが自分の喜びとなり、ライダーは男らしい勝利感を覚えながら彼女を見つめた。

部屋が揺れている、とアイビーは思った。シーツのこすれる音が、そしてライダーが激しく動くたびに荒々しい吐息が、広い胸からもれるうめきが聞こえる。

アイビーはさらに身を寄せた。ライダーのリズミカルな動きが突然彼女の感覚を解き放ち、より深いエクスタシーへと導く。ふたりは互いにしっかり抱き合い、熱くうずくような歓喜の波にのまれ、なにも見えなくなった。

あまりにも早く、ほとんど到達したと同時に終わってしまった。アイビーはライダーの汗に湿った胸に顔をうずめ、目に涙を浮かべた。

「どうしてもっと続かないの？」震える声で嘆く。

ライダーは彼女の髪、そして湿った額に唇を触れた。「もし終わらなかったら、どうなる？　だめだ、動かないでくれ」身動きしたアイビーにささやくと、彼は結ばれたまま仰向けになり、彼女を自分の体の上にのせた。「大丈夫かい？」

「ええ」アイビーはほほえんで彼の胸にキスした。湿った胸毛が鼻をくすぐった。ライダーはアイビー同様、激しい運動のあとでかすかに体を震わせている。「違うのね、いつも」

「赤ん坊が生まれて元気になったら、もっと教えてあげるよ」ライダーの手は彼女のなめらかな背中を愛撫している。「多少荒っぽいこともあるからね。きみの体のコンディションがよくなるまで控えよう」

アイビーは顔を上げ、愛情のこもった彼の薄い色の瞳を見つめた。「情熱は荒っぽいって言うわね。それがいつも怖かったの。でも、いまは怖くないわ」息をつめていたらしいライダーは、彼女がほほえむと体の力を抜いた。「あなたと愛し合うのが大好き」彼女がささやく。「もう一度できる?」

ライダーはゆっくりといたずらっぽい笑顔を見せた。「どうかな。できるかい?」

アイビーにはもうやり方がわかっている。微妙な動きのあとで顔を下げ、ライダーにそっと触れる。すぐに彼の息がせわしくなり、アイビーはほほえんだ。

「ええ」アイビーの目は女らしい勝利に輝いた。「ああ、できるわ……!」


それから七カ月あまりして男の子が生まれた。双子ではなかったが、ライダーの言うようにふたり分の泣き声をたてた。病院から戻るとすぐ、うれしそうなおばあちゃんが孫を奪い取り、だれに似ているか見定めようと、しばらくじっと見つめた。

「きっと自分に似ているって言うよ」息子のクレラン・ドナルド・キャラウェイを抱いているジーンを見ながら、ライダーがささやく。

「ええ、わかっているわ」アイビーはライダーの肩に頭を預けて満ち足りたため息をついた。「わたしたちは必要ないわね。お母さんのためにあの子を産んだみたい」

「言いたいことはわかるよ」ライダーはアイビーの疲れた目を探るように見た。「いま、きみを階上《うえ》に運んでベッドに寝かせてあげるよ。この三日間は長かったからね」

「最高の三日間だったわ」うっとりとライダーを見るアイビーの目には愛があふれている。「わたしといて、あなたは本当にしあわせ？」

ライダーは震える手でアイビーの顔に触れた。「きみがすべてなんだ」ハスキーな声だった。「ぼくにはきみだけだ」

こういう愛は裏切れないわ。アイビーはライダーを見つめながら思った。でも、喜んで彼に従うつもりだし、自分も彼に対して同じように感じている。ライダーの寝室を見たとき、アイビーは彼の思いの深さを初めて知った。彼が隠していたアイビーの写真が大量に出てきたのだ。そして、いまは暖炉の上にかけてある絵も。

アイビーはライダーの肩越しに暖炉の上に目をやり、その美しい油絵を見た。そこにはゆったりとしたピンクのドレスを着た少女が野の花に囲まれて座っていた。黒いロングヘアは風に乱れ、黒い瞳とピンクの口もとが甘くほほえんでいる。アイビーが一八のとき、ライダーがこっそり描《か》いてもらったもので、これを見れば彼の思いがよくわかる。ライダーがどれほど深く、どれほど絶望的に彼女を愛していたかを思うと、心を打たれた。

「きみと離れていた数年間、この絵がぼくを慰めてくれた」アイビーの視線を追いながらライダーが言った。「きみとイブを散歩に連れていったときのひそかな思い出だよ。きみはこのドレスを着ていた。あのとき、ぼくは恋に落ちたんだ」

「わたしも同じころ、恋したのよ。あんなに臆病《おくびょう》だった自分が残念だわ。ふたりの人生を何年も無駄にしたんですもの」

「いや、きみはそのあいだに成長して、本当の愛がどんなものかを学んだんだ。きみを苦しめたことはすまないと思っている。でも、そういう苦しみがあったからこそ、いまのぼくたちがあるんだよ、アイビー。いつも日が照っている順調な航海では人は成長しない」

アイビーがほほえんだ。「そうね。大事なのは、いまふたりがいっしょだということだわ」ちらっと見ると、ジーンはまだ息子を抱いている。「赤ちゃんもできたし。あなたがよかったと思うことを教えて」

「教えきれないよ」ライダーはアイビーの頬を自分の胸に押しつけ、目を閉じた。

「わたしもよ」アイビーが穏やかに同意する。

ふたりの向かい側で、息子のクレランが目を開け、その大きなブルーの瞳で、優しくあやす祖母を見上げた。

「この子がだれに似ているかわかったわ」ジーンがうれしそうに叫ぶ。「わたしよ！」

ライダーとアイビーは吹き出してしまった。とまどったジーンは少し不思議そうに肩をすくめたが、すぐにふたりを無視した。自分の目と孫の目を比べてしあわせに浸っている彼女には、ふたりがなにをおかしがっていようと、どうでもいいことなのだ。

●本書は、1992年4月に小社より刊行された作品を文庫化したものです。

パリの誘惑
2015年5月1日発行　第1刷

著　者　ダイアナ・パーマー

訳　者　江美れい（えみ　れい）

発行人　立山昭彦

発行所　株式会社ハーレクイン
東京都千代田区外神田3-16-8
03-5295-8091（営業）
0570-008091（読者サービス係）

印刷・製本　大日本印刷株式会社

Printed in Japan © Harlequin K.K. 2015 ISBN978-4-596-93656-1

ハーレクイン文庫

「そっとくちづけ」

ダイアナ・パーマー／小山由紀子　訳

マンダリンは近隣に住む粗野なカールソンから、マナーを教えてほしいと頼まれた。二人で過ごすうちに、いつしかたくましい彼から目が離せなくなり…。

「ばら色の頬にキス」

ベティ・ニールズ／小林節子　訳

オランダ旅行中に出会った男性に心奪われた看護師ローズ。もう会うこともないとあきらめていたが、外科医の彼は数週間後、ローズの病院に現れる。

「愛する資格」

ペニー・ジョーダン／平江まゆみ　訳

15歳のときに義兄のジョエルにふしだらな娘と軽蔑され、心に傷を負ったリサ。8年後、姉夫婦の遺児の共同後見人となったリサに、彼は結婚を命じる。

「買われた純潔」

ミシェル・リード／萩原ちさと　訳

ネルは苦境の父を救うためギリシア人富豪アレクサンドロスと契約結婚をした。だが夫は愛人と密会を続け、ネルはついに耐えられなくなり屋敷を飛び出すが…。

「海辺のファンタジー」

ノーラ・ロバーツ／みき　遙　訳

両親を亡くしたミーガンは、彫刻家を目指しながら祖父の経営する遊園地を手伝っていた。そこに一人の男性が現れ、遊園地も彼女も手に入れると宣言する。

「オリンピアの春」

アン・ハンプソン／木原　毅　訳

ラルフの策略で婚約者に去られたリザは醜聞にまみれ、父が心労で危篤となる。家同士の宿怨により憎みあう二人だったが、やむなく結婚に踏み切って…。